新潮文庫

絶望名人カフカの人生論

カ フ カ
頭木弘樹編訳

すべてお終《しま》いのように見えるときでも、
まだまだ新しい力が湧《わ》き出てくる。
それこそ、おまえが生きている証《あかし》なのだ。

もし、そういう力が湧《わ》いてこないなら、
そのときは、すべてお終《しま》いだ。
もうこれまで。

はじめに　カフカの肖像――いかに絶望し、いかに生きたか

心がつらいとき、本当に必要な言葉は？

世の中には、たくさんの名言集があります。
その中には、たくさんのポジティブな言葉があふれています。
たとえば、

All our dreams can come true, if we have the courage to pursue them.
（追い求め続ける勇気があれば、すべての夢はかなう）
――ウォルト・ディズニー

すばらしい言葉ですね。
ディズニーにこう言われては、頑張らないわけにはいきません。
励《はげ》まされる人も多いでしょう。

でも、本当につらいとき、こういう言葉がはたして心まで届くでしょうか？
ただただ、まぶしすぎることもあるのではないでしょうか。
病気になったときに、健康そのものの人から、「大丈夫。治ると思っていれば治るよ」と励まされるように。

よく言われる「死ぬ気になれば、なんでもできる」という励ましにしても、心が消耗して、電池切れのような状態で、死を考えている人にとっては、「なにもできなくなったからこそ、死ぬ気になったんだ」と言い返したくなるかもしれません。

心がつらいとき、まず必要なのは、その気持ちによりそってくれる言葉ではないでしょうか。
自分のつらい気持ちをよく理解してくれて、いっしょに泣いてくれる人ではないでしょうか。

悲しいときには悲しい音楽を

これは音楽の話ですが、ギリシャの哲学者で数学者のピュタゴラス（ピュタゴラスの定理が有名）は、心がつらいときには、「悲しみを打ち消すような明るい曲を聴くほうがいい」と言いました。

これを「ピュタゴラスの逆療法」と言います。現代の音楽療法でも「異質への転導」と呼ばれて、最も重要な考え方のひとつです。


一方、ギリシャの哲学者アリストテレスは、「そのときの気分と同じ音楽を聴くことが心を癒《いや》す」と主張しました。つまり、悲しいときには、悲しい音楽を聴くほうがいいというのです。

これは「アリストテレスの同質効果」と呼ばれています。現代の音楽療法でも「同質の原理」と呼ばれて、最も重要な考え方のひとつです。


両者の意見は、まっこうから対立しています。

でも、じつは両方とも正しいことが、今ではわかっています。

どういうことかと言うと、心がつらいときには、

(1)　まず最初は、悲しい音楽にひたる＝アリストテレス「同質の原理」
(2)　その後で、楽しい音楽を聴く＝ピュタゴラス「異質への転導」

というふうにするのがベストで、そうすると、スムーズに立ち直ることができるのです。

たとえば失恋したときには、悲しい歌詞やメロディーのほうが耳に入ってきやすく、しっくりくるもの。その気持ちのままに、まずは失恋ソングにひたりきればいいのです。

そして、ひたりきったら、今度は明るい曲を聴くようにすれば、自然と明るい気分になることができるのです。

最初から明るい音楽を聴いても、心にしみ込んできません。

名言にも同じことが言えます。

ポジティブな名言はたしかに価値のあるものですが、心がつらいときにいきなり読んでも、本当には心に届きません。

まずは、ネガティブな気持ちにひたりきることこそ、大切なのです。

カフカはあらゆることに失敗する

でも、名言を残しているような偉人というのは、文字通り、何かを成し遂げた成功者、偉大な人たちです。その言葉はどうしても、力強く、ポジティブなものです。なにしろ、夢がかなった人たちなのですから。


でも、ここに例外的な人物がいます。

あまりにも例外的で、偉人たちの中で完全に浮いている人がいます。

それがカフカです。

ある朝、目覚めると虫になっていた男を描いた『変身』などの作品で有名な、小説家です。


彼は何事にも成功しません。失敗から何も学ばず、つねに失敗し続けます。

彼は生きている間、作家としては認められず、普通のサラリーマンでした。

そのサラリーマンとしての仕事がイヤで仕方ありませんでした。でも生活のために辞められませんでした。

結婚したいと強く願いながら、生涯、独身でした。

身体《からだ》が虚弱で、胃が弱く、不眠症でした。

家族と仲が悪く、とくに父親のせいで、自分が歪《ゆが》んでしまったと感じていました。

彼の書いた長編小説はすべて途中で行き詰まり、未完です。

死ぬまで、ついに満足できる作品を書くことができず、すべて焼却するようにという遺言を残しました。

そして、彼の日記やノートは、日常の愚痴で満ちています。

それも、「世界が……」「国が……」「政治が……」というような大きな話ではありません。

日常生活の愚痴ばかりです。「父が……」「仕事が……」「胃が……」「睡眠が……」

彼の関心は、ほとんど家の外に出ることがありません。彼が関心があるのは自分のことだけなのです。自分の気分、体調、人から言われたこと、人に言ったこと、やったこと、されたこと……。

そして、その発言はすべて、おそろしくネガティブです。

あまりにも絶望的で、かえって笑えてくる

「そんな愚痴、読む価値があるのか？」と思われる人が多いでしょう。

いくら、まずはネガティブな気分にひたるのがいいと言っても、他人の日常生活の個人的な愚痴なんて、わざわざ読みたい人がいるわけがありません。気分がさらに暗くなってしまいそうです。

しかし、カフカは偉人です。普通の人たちより上という意味での偉人ではなく、普通の人たちよりずっと下という意味での偉人なのです。

その言葉のネガティブさは、人並み外れています。

たとえば、

将来にむかって歩くことは、ぼくにはできません。

将来にむかってつまずくこと、これはできます。

いちばんうまくできるのは、倒れたままでいることです。


あまりにもネガティブで、かえって笑えてこないでしょうか。

ひどく落ち込んでいる人でも、カフカがあまりにも極端に絶望的なので、「いや、自分はここまでは絶望していないんだけど」という気持ちになってくるでしょう。

カフカほど絶望できる人は、まずいないのではないかと思います。カフカは絶望の名人なのです。誰よりも落ち込み、誰よりも弱音をはき、誰よりも前に進もうとしません。

しかし、だからこそ、私たちは彼の言葉に素直に耳を傾けることができます。成功者が上からものを言っているのではないのです。

ネガティブを代表する作家

カフカは自分のことを小さな虫のように思っていましたが、小説家としてのカフカは巨人です。二〇世紀最大の作家と称《しょう》されることもあります。

絵画で言えばピカソのように、その後の作家たちに決定的な影響を与えました。

カフカ以降の作家で、カフカの影響をまったく受けずにすんでいる人は、ほとんどいないと言っていいでしょう。

多くの作家たちがカフカを尊敬しています。

「彼（カフカ）は、もはや断じて追い越すことのできないものを書いた。……この世紀の数少ない偉大な、完成した作品を彼は書いたのである」（ノーベル文学賞作家エリアス・カネッティ）

「フランツ・カフカが存在しなかったとしたら、現代文学はかなり違ったものになっていたはずだ」（安部公房）

「カフカとはひとつの巨大な美的革命そのものです。芸術的奇跡そのものです」（ミラン・クンデラ）

「ひとが別様に書くことができると理解させてくれたのはカフカだった」（ガルシア＝マルケス）

「現代の、数少ない、最大の作家の一人である」（サルトル）

「リルケのような詩人たち、あるいはトマス・マンのような小説家たちも、彼（カフカ）に比すれば……石膏《せっこう》の聖人像みたいなものだ」（ナボコフ）

「彼（カフカ）は現代で最も重要な作家だと思う。彼が書いたことを抜きに今を生きることはできない」（映画監督ウディ・アレン）

日常生活の愚痴ばかり言っている人間が、なぜ偉大な作家になることができたのか？

それは彼が絶望名人であったからに他なりません。

カフカ自身の言葉です。

ぼくは自分の弱さによって、

ぼくの時代のネガティブな面をもくもくと掘り起こしてきた。

現代は、ぼくに非常に近い。だから、ぼくは時代を代表する権利を持っている。

ポジティブなものは、ほんのわずかでさえ身につけなかった。

ネガティブなものも、ポジティブと紙一重の、底の浅いものは身につけなかった。
どんな宗教によっても救われることはなかった。
ぼくは終末である。それとも始まりであろうか。

――八つ折り判ノート

カフカの本当の言葉、本来の魅力、本物の絶望を

「でも、カフカもポジティブな発言をしていたような？」と思う人もいるかもしれません。

書籍やネットの名言集で、ときどきカフカの言葉をみかけることがありますが、それらはポジティブな発言ばかりです。

でも、それらは、そうなるように前後をカットしているからなのです。

たとえば、よくみかける言葉に、こういうのがあります。

すべてお終《しま》いのように見えるときでも、
まだまだ新しい力が湧《わ》き出てくる。
それこそ、おまえが生きている証《あかし》なのだ。

前向きで明るいですね。まさにポジティブです。
でも、じつはこれには続きがあるのです。

もし、そういう力が湧いてこないなら、
そのときは、すべてお終いだ。
もうこれまで。

この後半こそが、カフカの味です。
これまでの名言集などでは、カフカの言葉も無理にポジティブにしているところがありましたが、それではかえって魅力がそこなわれます。
本書では、カフカの本来の魅力、その絶望っぷりを、あますところなくお伝えしたいと思います。

なお、翻訳にあたっては、わかりやすくするために、いわゆる「超訳」的なことを少し行っております。

ただ、カフカの口調や真意はちゃんと伝わるように、心がけたつもりです。

また、説明的な翻訳にしないために、翻訳文はシンプルを心がけ、別に簡単な解説をすべての言葉に添えるようにしました。

カフカの絶望の言葉には、不思議な魅力と力があります。

読んでいて、つられて落ち込むというよりは、かえって力がわいてくるのです。

カフカの親友のマックス・ブロートも、カフカへの手紙の中でこう書いています。

君は君の不幸の中で幸福なのだ。

頭木弘樹

絶望名人カフカの人生論　目次

第四章　自分の心の弱さに絶望した！

第五章

絶望名人カフカの人生論

第一章　将来に絶望した！

I

倒れたままでいること

将来にむかって歩くことは、ぼくにはできません。
将来にむかってつまずくこと、これはできます。
いちばんうまくできるのは、倒れたままでいることです。

――フェリーツェへの手紙

「まえがき」でも引用したこの言葉、じつはラブレターの一節なのです。フェリーツェというのは、カフカが結婚を申し込んでいた女性です。

とてもそういう相手に送る文面ではありませんが……。

普通なら、結婚を申し込んでいる女性には、自分の将来性をウソにでもアピールするものでしょう。

それが逆に、「いちばんうまくできるのは、倒れたままでいることです」とは……。

手紙をもらったフェリーツェも驚いたことでしょう。

でも、ここまで書かれると、かえって興味がわいてしまうのか、フェリーツェはカフカと婚約します。

しかし、そこからカフカとフェリーツェの長い騒動が始まることになるのです。

それについては、また後で。

2　あらゆる困難がぼくを打ち砕《くだ》く

バルザックの散歩用ステッキの握りには、
「私はあらゆる困難を打ち砕く」と刻まれていたという。
ぼくの杖《つえ》には、「あらゆる困難がぼくを打ち砕く」とある。
共通しているのは、「あらゆる」というところだけだ。

——断片

バルザックは一九世紀を代表する小説家です。

カフカは二〇世紀を代表する小説家です。

その対比が面白いですね。

ちなみに、バルザックは小説の登場人物について、どういう家に生まれ、どういう育ち方をして、どういう容姿で、どういう服を着て、どういう性格かなどについて、何ページも使って説明します。

一方、カフカの小説の登場人物はしばしば、「K」という名前しかなく、経歴も容姿も服装も性格もまるっきり説明がありません。

自分の存在に確かさを感じられた一九世紀。

そして、存在の不確かさに苦しんでいる二〇世紀。

勇気は、不安へと、とってかわられたのです。

3 あらゆることが怖くなる

ミルクのコップを口のところに持ちあげるのさえ怖くなります。
そのコップが、目の前で砕け散り、破片が顔に飛んでくることも、
起きないとは限らないからです。

――ミレナへの手紙

コップに入ったミルクを飲むという、日常のささいな行為にまで、カフカは怖《おそ》れや心配を感じています。

「意味がわからない」と思う人もいるかもしれません。

でも、たとえば、自分が将来、どんな不幸に見舞われないとも限らないという怖れや心配は、多くの人の心にあるでしょう。

そうした心配が高じてくると、ついには何をするのも怖くなってしまうものなのです。

なんとも暮らしにくそうですが。

4 頑張りたくても頑張ることがない

ぼくはいつだって、決してなまけ者ではなかったと思うのですが、何かしようにも、これまではやることがなかったのです。
そして、生きがいを感じたことでは、
非難され、けなされ、叩《たた》きのめされました。
どこかに逃げだそうにも、それはぼくにとって、
全力を尽《つ》くしても、とうてい達成できないことでした。

――父への手紙

ニートと呼ばれる人たち、ひきこもりと呼ばれる人たちの中にも、同じ思いの人は多いのではないでしょうか。

働かないのは、働く気がないわけではない。

ひきこもっているのは、外に出たくないからではない。

でも、働けないし、出られない。

その状況を変えることもできない。

カフカは最初、父親の仕事を手伝いますが、うまくいかず辞めてしまいます。

生きがいを感じていた小説を書くことでも、家族からは日曜大工あつかいでした。

でいながら、家から出て行くことができずにいたのです。

5　他の人はやすやすとやってのけることを、自分はできない

たとえば、ここにAとBの二人がいて、
Aは階段を一気に五段あがっていくのに、Bは一段しかあがれません。
しかし、Bにとってその一段は、Aの五段に相当するのです。
Aはその五段だけでなく、
さらに一〇〇段、一〇〇〇段と着実にあがっていくでしょう。
その間に通過した階段の一段一段は、
彼にとってはたいしたことではありません。
しかし、Bにとって、その一段は、
人生で最初の、絶壁のような、
全力を尽くしても登り切ることができない階段です。
乗り越えられないのはもちろん、
そもそも取っ付くことさえ不可能なのです。

——父への手紙

他の人はやすやすとやってのけることを、自分はできない。

こういうことは、よくあるものです。

たとえば、異性に自然に爽《さわ》やかに話しかけることができる人もいれば、どうしてもできない人もいます。頑張って話しかけても、ぎこちなく不自然になってしまって、さらに絶望することに。

話しかけることができる人にとってみれば、そんなことくらいがなぜできないのか不思議です。そしてさらに、仲良くなって、恋人どうしになって、とステップアップしていきます。

話しかけることができない人は、いつまでも最初の段階のままです。

そうした状況を、カフカは見事に表現していると思います。

6　目標に到達する難しさ

目標があるのに、そこにいたる道はない。
道を進んでいると思っているが、
実際には尻込《しりご》みをしているのだ。

――罪、苦悩、希望、真実の道についての考察

カフカのように作家になりたいと思っていても、そのためにいったいどうしたらいいのか、そこにいたる道を見つけるのは困難です。

頑張って目ざしているようでも、けっきょくそれは、時間切れになってあきらめるしかなくなるまで、生き方を迷い続けているだけ、ということにもなりがちです。

「夢を見つけることが大切」「目標を定めることが肝心」などとよく言われますが、それができても、そこにいたる道を見つけて、なおかつ尻込みすることなく進んで行くのは、とても困難なことです。

なお、「罪、苦悩、希望、真実の道についての考察」というのは、カフカの親友のブロートが、カフカの遺稿を世に出すときに、カフカの格言集に付けたタイトルです。カフカ当人なら、おそらくこういう仰々《ぎょうぎょう》しいタイトルは付けなかったでしょう。

7　手にした勝利を活用できない

人間の根本的な弱さは、
勝利を手にできないことではなく、
せっかく手にした勝利を、活用しきれないことである。

——断片

子供の頃から目指していた偏差値の高い大学に、ようやく合格したのに、それで燃え尽きたり、お金持ちになったのに、かえって家庭が不和になったり、好きな人をライバルから奪ったのに、けっきょくうまくいかなかったり。

自由を手に入れるために命がけで戦った時代もあったのに、自由な時代になってみれば、自由をもてあまして無気力になってしまったり。

人は負けることも苦手ですが、勝つことも意外に苦手なものです。

勝つか負けるかだけで人生が語られがちですが、勝ったにしても負けたにしても、手にしているものをどう生かすかのほうが、より大切なのかもしれません。

8　人生のわき道にそれていく

生きることは、たえずわき道にそれていくことだ。
本当はどこに向かうはずだったのか、
振り返ってみることさえ許されない。

――断片

こういう人生の道を進んで行こうと思っていても、なかなかその通りにはいかないもの。

この人と一生を共にと思っていても、別れなければならないときもあります。

この仕事を一生続けようと思っていても、ピアニストが指にケガをするようなアクシデントが、人生にはつきものです。

いやおうなしに、わき道にそれていくしかありません。

そして、「本当はあっちの道が自分の本来進むはずだった道なのに」と振り返ってみようとしても、そんな岐路《きろ》はもう存在せず、今歩いている道の先を進んで行くしかないのです。

けっきょく、わき道こそが、本当の道とも言えるのかもしれません。

第二章　世の中に絶望した！

9　ひとりでいれば何事も起こらない

ぼくはひとりで部屋にいなければならない。
床の上に寝ていればベッドから落ちることがないように、
ひとりでいれば何事も起こらない。

——フェリーツェへの手紙

まさに、ひきこもりな発言です。

たしかに、最初から床に寝ていれば、ベッドから落ちる痛みや驚きは味わわずにすみます。でも、同時に、ベッドに寝る心地よさも失ってしまうことになります。

何事も起きないように、ひとりで部屋にいるのも同じこと。イヤなことが起きないかわりに、イイことも起きなくなってしまいます。

ひきこもりまでいかなくても、断られることを避けるために告白しないとか、傷つかないために恋をしないとか、同じような心理で、不幸と同時に幸福まで手放している人は、少なくないでしょう。

10 地下室のいちばん奥の部屋で暮らしたい

ぼくはしばしば考えました。
閉ざされた地下室のいちばん奥の部屋にいることが、
ぼくにとっていちばんいい生活だろうと。
誰かが食事を持って来て、
ぼくの部屋から離れた、
地下室のいちばん外のドアの内側に置いてくれるのです。
部屋着で地下室の丸天井の下を通って食事を取りに行く道が、
ぼくの唯一《ゆいいつ》の散歩なのです。
それからぼくは自分の部屋に帰って、ゆっくり慎重に食事をとるのです。

——フェリーツェへの手紙

究極のひきこもり願望です。

実際にひきこもっている人でも、「閉ざされた地下室のいちばん奥の部屋」までは願っていない人が多いのでは。

食事を持ってきてくれる人とさえ会わず、地下通路を歩くのが唯一の散歩だなんて、刑務所の独房以上です。

それが「ぼくにとっていちばんいい生活だろう」とは……。

11　孤独さが足りない、さびしさが足りない

ずいぶん遠くまで歩きました。
五時間ほど、ひとりで。
それでも孤独さが足りない。
まったく人通りのない谷間なのですが、
それでもさびしさが足りない。

——フェリーツェへの手紙

カフカは別のときに「ひとりで遠くまで歩くためには、過去に多くの悩みが必要」とも書いています。

苦悩で心がいっぱいになると、人は今いる場所から、遠くに行こうとします。「解離《かいり》性遁走《せいとんそう》」と言って、苦悩で心がこわれそうになったときには、記憶を失って、遠くに旅立ってしまう心の病もあるくらいです。

そんなとき人は、孤独を求めます。さびしさもかえって、心が安まります。

そうやって、刺激を避け、少しでも心の回復をはかるのです。

あきらかに他人の助けが必要な人が、それでもかたくなにひとりでいたがることがあるのも、そのためです。

12　ここより他の場所

死にたいという願望がある。
そういうとき、この人生は耐えがたく、
別の人生は手が届かないようにみえる。
イヤでたまらない古い独房から、
いずれイヤになるに決まっている新しい独房へ、
なんとか移してほしいと懇願《こんがん》する。

――罪、苦悩、希望、真実の道についての考察

「死にたい」と誰でも一度は思うものです。

それは本当に死を願っている場合もあれば、より正確には「今の人生から逃げ出したい」という願望のこともあります。

他人の人生は輝いて見えます。死さえ、今の人生よりましに見えてしまいます。

しかし、どんな人生にしろ、はたから見ているだけでなく、実際にそれを生きるようになれば、いずれは嫌気がさしてくるものです。

死後の世界がもしあったとしても、菊池寛の短編小説「極楽」に出てくる老夫婦のように、念願だった極楽世界の蓮《はす》の台《うてな》に座りながら、退屈して地獄の話ばかりするようになってしまうでしょう。

古い独房か、新しい独房かのちがいしかないのです。

という考え方は、絶望的ではありますが、つまりは死を考えてみても仕方ないということでもあります。

カフカは自殺を試みたことはありません。

第三章　自分の身体に絶望した！

13 ぼくの知っている最も痩《や》せた男

ぼくは、ぼくの知っている最も痩せた男です。
体力はないいし、夜寝る前にいつもの軽い体操をすると、たいてい軽く心臓が痛み、腹の筋肉がぴくぴくします。

——フェリーツェへの手紙

これも婚約者への手紙です。

結婚の条件として、「健康」は重視されやすいもの。それなのに、「ぼくは、ぼくの知っている最も痩せた男です」では、まるでフラれたがっているかのようです。

でも、そうではないのです。フェリーツェはカフカにとって運命の女性であり、最も大切に思っていた人です。

それでも、自分の身体の虚弱さを強調せずにはいられないのが、カフカなのです。

14 こんな身体《からだ》では何ひとつ成功しない

こんな身体では何ひとつ成功しない。
細くて虚弱なくせに、背が高すぎるのだ。
温かな体温と情熱をたくわえる脂肪がちっともない。
このところ刺すような痛みをたびたび感じる心臓が、
どうしたらこの足の先まで血を押し流すことができるだろう。

——日記

こういう言葉を読むと、「カフカは身体が弱くて大変だったんだなー。かわいそうに」と同情がわいてくるかもしれません。

でも、じつはそうでもないのです。

たしかに、細身ではありました。すらっと背が高かったのです。しかし、それだけのことです。健康状態に関して言えば、後に病気をするまでは、むしろ健康なほうだったでしょう。

散歩が好きで、かなり長距離を平気で歩いていますし（それもときにはかなり足早に）、手漕《てこ》ぎボートで何キロも川の流れを遡《さかのぼ》ったりもしています。仕事に遅刻しそうなときは、階段を二段飛びで駆け上がっていたそうです。

虚弱だと思い込むことで、むしろ自分を本当に虚弱にしていったというのが、実際のところです。

15 父親のたくましさと、自分のひ弱さ

今でもよく覚えていますが、
ぼくたち（幼いカフカと父親）は
しばしば脱衣所でいっしょに服を脱ぎました。
痩せていて、ひ弱で、か細いぼくにひきかえ、
あなたはがっしりしていて、背が高く、肩幅もありました。
脱衣所の中ですでに、ぼくはみじめでした。
あなたに対してばかりではなく、全世界に対して。
なぜなら、子供のぼくにとって、
あなたが世の中のすべての基準だったからです。

――父への手紙

カフカの虚弱へのこだわりは、父親が自分と比べてあまりに強くてがっしりしていたことに原因があります。

その肉体的なちがいは、そのまま心のちがいも表していたので、なおさらカフカにとっては、見逃せない点でした。

たくましく世渡りをしていく父親。その父親と自分とのあきらかなちがいを見せつけられて愕然《がくぜん》とし、カフカは生きていく自信を失ったのでした。

「強い父と弱い自分」この対比はそのまま「強い世の中と弱い自分」という対比となったのです。

16 この身体で生きることの心細さ

浴場でのぼくの姿、裸のぼくの痩せていること。
浴場では、ぼくはまるで孤児のように見えます。

——フェリーツェへの手紙

「痩せているくらいで、大げさな」と思う人も多いでしょう。「何も孤児とまで言わなくても」と。

たしかに、事実としては、浴場にいる人たちの中で、痩せているほうだったというだけのことです。

気にしない人なら、まったく気にならないことです。

でも、カフカにとっては重大事です。父親のように、肉体的にも精神的にも強くなければ、とても世渡りなんかできないからです。

とてもこの世の中で生きていけそうにないと思えば、その心細さは、まさに孤児のようなと言いたくなるものであったでしょう。

17　心配がふくれあがって本当の病気に

ぼくはただ自分のことばかり心配していました。
ありとあらゆることを心配していました。
たとえば健康について。
ふとしたことから消化不良、脱毛、背骨の歪《ゆが》みなどが気にかかります。
その心配がだんだんふくれあがっていって、
最後には本当の病気にかかってしまうのです。

——父への手紙

心配しすぎるせいで、自分で自分を病気に追い込んでいることを、カフカ自身もわかっていました。

それでも心配がやめられないのです。

自分に関心を持ちすぎると、かえって自分を害することになります。

自己への高すぎる関心は、現代人の心の問題のひとつと言えるでしょう。

カフカはまさにそれを先取りしています。

18 気苦労が多すぎて、背中が曲がった

ぼくはいかなる事にも確信がもてず、
自分の肉体という最も身近なものにさえ確信がもてませんでした。
気苦労が多すぎて、背中が曲がりました。
運動どころか、身動きをするのも億劫《おっくう》で、いつも虚弱でした。
胃の健全な消化作用も失ってしまい、
そこで憂鬱症《ゆううつしょう》への道がひらけました。
そしてついには、喀血《かっけつ》までやりました。

——父への手紙

生きていくうえで、大きいことから小さいことまで、不安や心配はつきものです。

でも、たいていの人は「まあ、大丈夫だろう」と考えないようにすることができます。

それができないと、どうなるのか？

それがカフカです。

気苦労がついには、重い病気まで引き起こしてしまいます。

もし、身体について心配しすぎなければ、健康でいられただろうに……。

19 散歩をしただけで、疲れて三日間何もできない

ちょっとした散歩をしただけで、
ほとんど三日間というもの、
疲れのために何もできませんでした。

――ミレナへの手紙

ミレナはチェコ人の女性で、ジャーナリストで翻訳家。

カフカの短編をチェコ語に翻訳したいとミレナが申し出たことがきっかけで、カフカとの交友がはじまります。

それは次第に恋愛関係へと発展していきます。

ミレナは人妻であったのですが。

人妻との許されない恋愛なんて、まるで恋に生きる男のようですが、実際には、そういう女性に対して送る手紙も、これです。

ミレナはマックス・ブロートに宛《あ》てた手紙でこう書いています。

「私は彼を知ったというよりは、むしろ彼の不安を知ったのです」

第四章　自分の心の弱さに絶望した！

20 強さはなく、弱さはある

ぼくは人生に必要な能力を、
なにひとつ備えておらず、
ただ人間的な弱みしか持っていない。

——八つ折り判ノート

身体《からだ》のことだけでなく、心の面でも、能力の面でも、カフカは自分の「弱さ」を強調します。

「八つ折り判ノート」というのは、小型のノートで、カフカはこれに短編小説や発想の断片などを書き連ねていました。そして、日記代わりにも使っていました。これもそうした日記的な記述のひとつ。

人生に必要な能力とは、仕事で成功する能力、人と交際する能力、結婚して家庭を作る能力など、ようするに社会に溶け込んで折り合いをつける能力のことです。

カフカはそうした能力に欠けていて、その代わりに、弱さだけは人一倍持っていました。

彼はそのことを嘆いていますが、では本当は強くなりたかったかというと、それは疑問です。父親のように社会でたくましく生きていく人間を、彼は軽蔑《けいべつ》もしていたように思います。同時に、あこがれ、尊敬もしていたとは思いますが、少なくとも自分自身はそんな人間にはなりたくなかったでしょう。

妙な言い方ですが、カフカは自分の弱さにプライドを持っていたように思います。

ただ、その弱さに苦しめられ続けていたことも事実ですが。

21 やる気がすぐに失《う》せてしまう

神経質の雨が
いつもぼくの上に降り注《そそ》いでいます。
今ぼくがしようと思っていることを、
少し後には、
ぼくはもうしようとは思わなくなっているのです。
——フェリーツェへの手紙

やる気が、あっという間に失せてしまう。

これは、考えすぎるタイプの人にはありがちなことです。

「これをやろう！」といったん気持ちが盛り上がっても、「でも、それをするためには、まずこれをしなければならないし……」「こういう問題もあるな」「ああいうことになったら、どうしよう？」などと、さまざまな問題や障害を次々と思いついてしまいます。

簡単にできるはずのことが、ハードルのたくさん並んだ障害物競走のようになってくるのです。しかも、ハードルはどんどん増え、高さも増していきます。とても越えられる気がしなくなってきます。

しかも、それほど大変なわりには、「けっきょく、それをやったからといって、何がどうなるのだ」というむなしさもわいてきます。

二〇世紀の詩人オーデンは「見る前に跳《と》べ」と言いましたが、たしかに行動を起こすためには、それが大切です。

でも、カフカの場合、そんなことは決してできません。「見てから跳ぶ」どころか、「見続けるだけで、決して跳ばない」のです。

22 重いのは責任ではなく、自分自身

いっさいの責任を負わされると、
おまえはすかさずその機会を利用して、
責任の重さのせいでつぶれたということにしてやろうと思うかもしれない。
しかし、いざそうしてみると、気づくだろう。
おまえには何ひとつ負わされておらず、
おまえ自身がその責任そのものにほかならないことに。

――八つ折り判ノート

カフカが「おまえは」と言うとき、それは「人は」ということでもありますが、それ以上にカフカ自身を表しています。つまり、「ぼくは」と言っているのと、ほぼ同じです。それをもう少し一般化しているにすぎません。

カフカはさまざまな責任を負わされると、すぐにつぶれてしまいます。家業の手伝いとか、結婚とか、長男としての責任、男としての責任、社会人としての責任……。

しかし、けっきょくのところ、重いのは責任ではありません。他の人なら軽々と抱えるのです。重いのは、彼自身なのです。自分自身を抱えて生きる責任こそが、重さのすべてなのです。

そして、それは放り出すことができないものです。

23 死なないために生きるむなしさ

ぼくの人生は、
自殺したいという願望を払いのけることだけに、
費《つい》やされてしまった。

——断片

自分自身を放り出すには、自殺しかありません。

しかし、それは先にも引用したように、「イヤでたまらない古い独房から、いずれイヤになるに決まっている新しい独房へ、なんとか移してほしいと懇願《こんがん》する」ようなものだと、カフカ自身が書いています。

しかし、懇願する気持ちはなかなか抑《おさ》えきれません。

自殺の願望を払いのけるためだけに人生が費やされてしまったとしたら、それはなんとむなしいことでしょう。

しかし、実際にはカフカは多くの小説を書き残しています。未完だったり断片だったりするにしても。

人生の多くが、むなしく費やされるとしても、それでもなお人は何かをなしうるということでしょう。

24　過去のつらい経験を決して忘れない

ぼくは本当は他の人たちと同じように泳げる。
ただ、他の人たちよりも過去の記憶が鮮明で、
かつて泳げなかったという事実が、どうしても忘れられない。
そのため、
今は泳げるという事実すら、ぼくにとってはなんの足しにもならず、
ぼくはどうしても泳ぐことができないのだ。

——断片

過去に泳げなかったから、今は泳げるのに、泳ぐことができないというのは、わけがわからなく感じられるかもしれません。

しかし、これが水泳ではなく、たとえば恋愛だったらどうでしょうか？

他の人たちと同じように恋愛できるはずだけど、過去のつらい恋愛経験のことが忘れられず、どうしても実際には恋愛ができない。

そう言われれば、これは納得する人が多いのではないでしょうか。

いわゆるトラウマです。

それが水泳レベルでも起きてしまうところが、カフカなのです。

25 自分を信じて、磨《みが》かない

幸福になるための、完璧《かんぺき》な方法がひとつだけある。
それは、
自己のなかにある確固《かっこ》たるものを信じ、
しかもそれを磨くための努力をしないことである。

——罪、苦悩、希望、真実の道についての考察日本でいちばん最初にカフカを翻訳したのは、中島敦《なかじまあつし》という小説家です。それも、この「罪、苦悩、希望、真実の道についての考察」の一部を訳しています。

中島敦の代表作は「山月記《さんげつき》」という短編小説で、高校の国語の教科書への採録回数が一位らしいですから、読んだことのある人も多いでしょう。

李徴《りちょう》という男が虎《とら》になる話です。そういうことになった理由を、彼はこう語ります。

「己《おれ》は詩によって名を成そうと思いながら、進んで師に就《つ》いたり、求めて詩友と交《まじわ》って切磋琢磨《せっさたくま》に努めたりすることをしなかった」「己《おのれ》の珠《たま》に非《あら》ざることを惧《おそ》れるが故《ゆえ》に、敢《あえ》て刻苦《こっく》して磨《みが》こうともせず」「益々己《ますますおのれ》の内なる臆病《おくびょう》な自尊心を飼いふとらせる結果になった」「この尊大な羞恥心《しゅうちしん》が猛獣だった。虎だったのだ」（『李陵・山月記』新潮文庫より）。

この虎の言っていることは、まさにカフカのこの言葉と同じです。中島敦は、カフカにとても共感したことでしょう。

こういう心理を、心理学のほうでは「セルフ・ハンディキャッピング」と呼んでいます。

自分にハンデを与えることで、失敗したときに自尊心が傷つかないようにする、という心理です。

才能があると信じて、でもその才能を伸ばす努力をしなければ、失敗した場合にも「努力しなかったから」と言い訳がたつので、自尊心が傷つかずにすみます。また、もし成功すれば、「努力しなかったのにスゴイ」ということになります。

どっちに転《ころ》んでもトクなわけです。

そのため、約七割の人はこの心理を持っていると言われます。

でも、努力しなければ、当然、成功の確率は減ります。自分で自分の足をひっぱる、困った心理なのです。

「山月記」の虎も言っています。「虎と成《な》り果てた今、己《おれ》は漸《ようや》くそれに気が付いた。それを思うと、己《おれ》は今も胸を灼《や》かれるような悔《くい》を感じる」「己《おれ》よりも遥《はる》かに乏《とぼ》しい才能でありながら、それを専一《せんいつ》に磨《みが》いたがために、堂々たる詩家《しか》となった者が幾《いく》らでもいるのだ」。

身近なところでは、試験の前日に、つい部屋の片づけとか、勉強以外のことをしたくなるのも、「セルフ・ハンディキャッピング」です。大切な仕事の前日に、つい深酒《ふかざけ》したり夜更《よふ》かしをしてしまったりするのも、そうです。

身に覚えのある人が少なくないのでは？

第五章　親に絶望した！

26 父親の前に出ると自信が失われる

ぼくはお父さんの前に出たが最後、
まるで自信というものをなくしていました。
その代わり、とめどもなく罪の意識がこみあげてきました。
そのことを思い出しながら、
ぼくはある作中人物について、
「自分が死んでも、
恥ずかしさだけが後に残って、生き続けるかのようだった」
と書いたことがあります。

——父への手紙

カフカは三六歳のときに、父親に長い手紙を書きます。どれくらい長いかというと、一〇日がかりで書かれ、タイプ原稿で四五ページ、ドイツ語のペーパーバックで七五ページ分もあります。

こんなに長い手紙を書いたことのある人も、受け取ったことのある人もあまりいないでしょう。

しかも、その内容は、すべて父親への恨《うら》み言です。

「あなたのせいで、ぼくがいかにダメになってしまったか」ということが、めんめんと綴《つづ》られています。

「三六歳にもなって……」とあきれる人もいるかもしれませんが、三六歳になったから、ようやく書けたのでしょう。

文中の「ある作中人物」というのは、『訴訟』（『審判』と訳されることのほうが多い）という長編小説の主人公のKのことです。

この小説で、主人公のKは、理由がわからないままに、犬のように処刑されます。「恥ずかしさだけが後に残って、生き続けるかのようだった」というのがラストの一文です。

父親とのネガティブな関係があったからこそ、名作が生まれたとも言えるのです。

27　罪はないのに罰はやってくる

幼い頃、ぼくは夜中に、喉《のど》が渇いたと、だだをこねたことがあります。
お父さん、あなたはぼくをベッドから抱えあげ、
バルコニーに放り出し、扉を閉め、
しばらく一人っきりで、下着のまま立たせておきました。
あの後、ぼくはすっかり従順になりましたが、
心に深い傷を受けました。
水を飲みたがるのは、幼児のぼくにはあたりまえのことでした。
そのあたりまえさと、窓の外に放り出されることの恐ろしさとが、
どうしてもうまくつながらなかったのです。
年数を経てからも、ぼくは悩み続けました。
あの巨大な男が、ほとんど理由もなくやってきて、
真夜中にぼくをベッドからバルコニーへ連れ出すかもしれない。
つまり、彼にとってぼくという子供は、

それだけの無価値なものでしかないのだ、
という想像にさいなまれたのです。

——父への手紙

この幼い頃の経験は、カフカにとっては、とても大きなものであったようです。罪はなくても、罰がやってくる。

罰を受けたせいで、罪悪感がわいてくる。

その罪悪感は、理由がわからないだけに、かえって打ち消しようがなく、いつまでも残り続ける。

九二ページの言葉に「(父親の前に出ると) とめどもなく罪の意識がこみあげてきました」とあるのは、そういうことです。

たしかに、この父親のお仕置きは、いきすぎでしょう。

しかし、大半の子供なら、大泣きして、しばらく父親が嫌いになって、それで終わりかもしれません。

しかし、カフカの場合には、三六歳になっても、心の傷はしっかり残り続けているのです。

28　巨人としての父親

お父さんは、もたれ椅子《いす》にすわったまま、世界を支配しました。
お父さんの意見が絶対に正しく、
他はすべて、
狂った、突飛な、とんでもない、正常でない意見ということになりました。
しかも絶大な自信をお持ちのあなたは、
必ずしも意見が首尾一貫していなくてもいいのです。
それでいて、意見の正しさを主張してゆずりません。
ときには、ある事柄についてあなたにぜんぜん意見がないこともありました。
そういうときは、あらゆる意見が、例外なく、誤っていることになります。
あなたは、たとえばチェコ人を罵倒《ばとう》し、次にドイツ人を、
さらにユダヤ人を罵倒する。
それも、徹底的にやっつける。
そうして最後に残るのは、あなたひとりなのです。

ぼくにとってお父さんは、
すべての暴君が持っている謎《なぞ》めいたものを帯びていました。

——父への手紙

カフカの父親のヘルマンは、とても貧しい家に生まれ、飢えや寒さに苦しみながら、幼い頃から働かなければなりませんでした。

しかし、彼には体力も根性も商才もありました。ついに自分だけの力で店を持ち、それを繁盛《はんじょう》させました。つまり、裸一貫から、一代で財を成した人物なのです。

それだけに、自信も自負もありました。しかし、一方で、充分な教育を受けられず、ドイツ語を完全には使いこなせませんでした。

成功体験とコンプレックスが同居すると、人は攻撃的で独善的になってしまいやすいものです。コンプレックスのせいで他人を否定し、自信があるだけに揺るがないのです。

カフカの父親もそういうところがあったようです。

カフカの親友のブロートはこう書いています。「夫人の一言をもってすれば、『巨人』だった。フランツは一生、この強力な、体格も人並はずれて堂々たる（大柄で、肩幅の広い）父親の陰で暮らしたのである」

カフカは父親をおそれ、父親に対してだけは言葉がつっかえました。

29　まったく嚙《か》み合わない価値観

お父さんとぼくは、求めるものがまるでちがっています。
ぼくの心を激しくとらえることが、
あなたには気にもとまらず、
また逆の場合もあります。
あなたにとっては罪のないことが、ぼくには罪と見え、
これも逆の場合があります。
そして、あなたにとってはなんの苦にもならぬことが、
ぼくの棺桶《かんおけ》のふたとなりうるのです。

――父への手紙

カフカの父親とは対照的に、カフカは豊かな家庭に生まれました（父親のおかげですが）。

子供にはちゃんと教育を受けさせたいという父親の願いで、大学も出ています。そのドイツ語の力は、小説まで書けるほどです。

肉体的な苦労をしていないので、身体《からだ》は軟弱で、金銭的な苦労をしていないので、お金儲《かねもう》けに興味がなく、もともと裕福だったので、上昇志向もなく、高い教育を受けた結果、小説という芸術に強い興味を持つようになりました。

つまり、何から何まで、父親とは正反対なのです。

カフカによれば父親には「生活と商売と征服への意志」がはっきりと見てとれました。

カフカにはどこをさがしても、そんな意志はありません。

たとえば、お金儲けのためだけに生きることは、父親にとっては生きがいとなりうるでしょう。しかし、カフカにとっては、まさに棺桶のふたとなりえたでしょう。

30　親からの、見当違いな励《はげ》まし

ぼくに必要だったのは、少しの励ましと優しさ、
わずかだけぼく自身の道を開いてもらうことでした。
それなのに、あなたは逆に、それを閉ざしてしまった。
もちろん、ぼくに別の道を歩ませようという善意からです。
しかし、ぼくにはその能力がなかった。
たとえば上手に敬礼したり行進したりするぼくを、
あなたはとても誉《ほ》めて励ましてくれました。
けれども、ぼくは未来の兵士ではなかったのです。
また、よく食べて、さらにビールさえ飲めたようなとき、
あるいは意味もわからぬ歌をマネたり、
あなたの好きな言い回しを、あなたの後について片言でいえたとき、
あなたはぼくを励ましてくれました。
けれども、そんなことは、

ぼくの未来とはなんのかかわりもなかったのです。

――父への手紙

貧しかった自分とはちがって、子供たちには豊かに生活させたい。教育が充分に受けられなかった自分とはちがって、子供たちには充分な教育を受けさせたい。

親というのはそんなふうに、子供に自分と同じ道を歩ませないようにしたがります。しかし一方では、自分の子供には、自分と同じように考え、同じように感じてほしいという気持ちもあるでしょう。価値観のちがいは受け入れがたいものです。

とくに、自分に自信があり、実際に成功した男性は、自分の息子も自分に似ていて欲しいと思うものかもしれません。

少なくとも、「そっちの道はダメだ。こっちの道を進め」と、自分の経験から助言したくなるでしょう。

カフカの父親もそうであったようです。

しかし、それはライオンがネズミに生き方を教えるようなものです。

ネズミは自分がライオンでないことを思い知らされ、しかもネズミとして生きることさえ、うまくできなくなってしまったのです。

31「おまえのやることは必ず失敗する」と脅《おど》かす親

ぼくが何かあなたの気に入らないことを始めると、
お父さん、あなたはいつも、「そんなものは必ず失敗する」と脅かしました。
そう言われてしまうと、
ぼくはあなたの意見をとても敬《うやま》い、怖《おそ》れてもいたので、
失敗がもはや避けられないものになってしまうのでした。
ぼくは、自分がやることへの自信を失いました。
根気をなくし、疑心暗鬼《ぎしんあんき》になりました。
ぼくが成長するにつれて、
あなたがぼくのダメさを証明するために
突きつけてくる材料も増えていきました。
そうやってだんだんと、
あなたの意見の正しさが、実証されていくことになったのです。

——父への手紙

こういう関係は、日本では母娘に多いようです。娘をいつまでも自分の支配下に引き留めておくために、母親は「こうしなさい。ああしなさい」と娘をコントロールしようとし、それだけでなく、娘が自分からやろうとすることには、すべて「どうせ失敗する」と呪《のろ》いの言葉を浴びせるのです。

そうすると、娘はその言葉にとらわれてしまって、成功するはずのことまで、失敗してしまう。たとえば、崖《がけ》を飛び越えるときでも、「失敗する。きっと失敗するぞ」などと言われれば、跳躍《ちょうやく》にためらいが生じて、本当に失敗してしまいます。それと同じことです。

その結果、母親から「ほら、やっぱり失敗した」と言われてしまい、次からは、「前も私の言った通りだったでしょ。今度も失敗するわよ」と、さらに呪いが強まっていくことに。

そうやって、娘は母親の支配から抜け出せなくなってしまうのです。

カフカと父親も、そういう関係にあったようです。

32 自立を願いながら、子供を支配し続ける矛盾した親

まるで二人の子供がふざけあっているようです。
一人が友達の手をきつく握りながら、
「さあ行けよ。なぜ行かないんだ？」とからかっているのに似ています。
もちろん、ぼくとお父さんの場合には、
あなたの「行けよ」という命令は、真剣なものですし、本心です。
でも、あなたは以前から、ご自分ではそれと知らずに、
ぼくを引き留め、押さえつけてこられたのです。
父親という存在の重みによって。

——父への手紙

子供を支配して自立させないようにしていることに、親が無自覚な場合もあります。

親としては、ただ自分の価値観に合うような生き方を子供にさせたいだけ。

でも、それはけっきょく子供を自立させないことになるのです。

手を強く握りながら、「さあ行けよ。なぜ行かないんだ？」と本気で聞いてくるというのは、じつに見事な例えだと思います。

親の無自覚さと、矛盾したメッセージに戸惑《とまど》って身動きのとれない子供の苦しさがよく表されています。

33 親の影響力の大きさ

ときおりぼくは想像します。
世界地図がひろげられて、
それを覆《おお》い隠すように、お父さんが身体を伸ばしておられる様子を。
ぼくが人生で活用できるのは、
あなたの身体が覆い隠していない部分だけかもしれません。
でも、あなたは巨大ですから、
残っているのはごくわずかしかありません。
喜びのない辺境ばかりで、肥沃《ひよく》な土地はそこにはないのです。

――父への手紙

カフカがいかに父親の存在を大きく感じていたか、よくわかります。

その影響下から逃れたいと願いながら、いかにそれを困難に感じていたか。

もちろん、実際には父親が世界を覆い尽くしているわけはないのですが、カフカの心境としては、そうなのです。

34 やさしい母親は、おそろしい父親の手下にすぎない

お母さんがぼくにとても優しかったことは事実です。

しかし、お母さんのすることとは、すべてあなたに関係していたため、けっきょくは、ぼくとお母さんも良好な関係にあるとは言えませんでした。

お母さんは、無意識のうちに、狩猟における勢子《せこ》の役割を果たしたのです。

——父への手紙

父親が厳しい場合には、母親がやさしくて、子供の味方をしてくれるという場合があります。

しかし、父親が母親に対しても支配的な場合には、母親のやることは、けっきょく父親が許す範囲のことであり、つねに父親が満足する方向にことを進めてしまう場合も少なくありません。子供にとっては、裏切りにさえ感じられる方向に。

カフカの母親の場合も、そうであったようです。

「勢子《せこ》」というのは、狩猟のときに、獲物を草むらから追い出したり、他に逃げるのを防いだりする役目の人のことです。狩人《かりうど》が獲物を仕留めやすいようにです。

カフカの婚約者だったフェリーツェへ、カフカの親友のブロートは手紙でこう書いています。

「フランツの母は彼をたいへん愛していますが、息子がどういう人間で、どんな欲求を持っているかは、まるでわかっていません。どんな愛情も、理解がまったく欠けていたら、なんの役にも立ちません」

35 親からの反論

「生活無能力者のおまえは、
それでも快適に、何の心配なく、
自分を責めずにやっていくために、
自分のあらゆる生活能力を、父親の私が奪ったことを証明してみせる。
生活無能力者になったのは、自分のせいではない、
責任は父親にあるのだ、というわけだ。
そうして、おまえはのうのうと寝そべり、
身心ともに父親の私に預けっぱなしにして、
すねをかじりながら人生を過ごそうという寸法だ」

——父への手紙

これはカフカが「自分の手紙を読んだ父親が、こう反論するにちがいない」と予想して書いたものです。

この父親の言い分にはもっともなところもあります。カフカ自身も「ある種の正当性を否定しません」と書いています。

自分がダメになったのは親のせいだと恨み言を言いながら、それなのに、親元を離れようとしない。恨みながら、恨んでいる相手と密着して生きる。三〇代になっても四〇代になっても。そういう子供は現代ではさらに増えてきています。

これは子供の側から言えば、加害者に対する被害者の当然の要求です。損害賠償のようなものです。

しかし、親の側から言えば、このカフカの父親の反論のようなことになるでしょう。

これに対して、カフカはどう返答するのか？

彼はこう書いています。「この反論は、お父さんが書いたのではなく、ぼく自身が書いたものなのです」

つまり、あなたから非難されるまでもなく、ぼくは自分で自分をそれ以上に非難しているんだ、というわけです。

カフカは、自分で自分を激しく非難しますが、人からの非難は拒絶します。だから、人から非難される前に、先回りしてそれをやってしまうのです。

彼は別のときに書いています。「ぼくの罪の意識は充分に強い。だから、外からさらに注ぎ足してもらう必要はない。ぼくはそんなものをたびたび、目を白黒させて飲み込むほど強くない」

なお、この「父への手紙」は、けっきょく父親の手には渡りませんでした。母親が先に手にして、父親に渡さなかったからです。

第六章　学校に絶望した！

36　学校では劣等生と決めつけられた

ぼくは同級生の間では馬鹿《ばか》でとおっていた。
何人かの教師からは劣等生と決めつけられ、
両親とぼくは何度も面と向かって、その判定を下された。
極端な判定を下すことで、人を支配したような気になる連中なのだ。
馬鹿だという評判は、みんなからそう信じられ、
証拠までとりそろえられていた。
これには腹が立ち、泣きもした。
自信を失い、将来にも絶望した。
そのときのぼくは、舞台の上で立ちすくんでしまった俳優のようだった。

——断片

後に天才と呼ばれるような人は、学校では低い評価を受けていることが、よくあります。

ただ、エジソンのように、天才的すぎて学校からはみ出してしまうのなら、まだいいのでしょうが、カフカの場合は、枠からはみ出すわけではなく、その枠の中で地味に劣等生と決めつけられたのですから、これはよけいに落ち込むでしょう。

まさに、舞台には出してもらえるけれども、そこで立ちすくんでしまう俳優のようです。

他人からの評価に対して、カフカが「腹が立ち、泣きもした」などと言っているのは、とても珍しいことで、あまり他に例がありません。自分で自分をけなすだけで、他人の評価は受け付けませんから。

学校でのことは、カフカにとって、よほどくやしかったのでしょう。

自分を劣等生と決めつけた教師たちを「極端な判定を下すことで、人を支配したような気になる連中なのだ」と見抜いている観察力は、さすがにカフカです。

今、ネット上には、こういう人がたくさんいますね。

37　母親にとって「ひとつの悲しい謎《なぞ》となった」

ぼくは学校の成績が悪かった。
やっとどうにか進級できるくらいだった。
息子の能力について大きな夢をえがいていた母は、これをひどく苦にした。
ぼくの失態は、もちろん隠しおおせるものではなかった。
こういう話は自然と広まるものだし、
全教師と同級生が知っていたことだったからだ。
母にとって、ぼくはひとつの悲しい謎となった。
母は、罰しもしなければ叱《しか》りもしなかった。
ぼくが一所懸命にやっていたのは知っていたからだ。
母は、先生たちがぼくをいじめているのだと思い込んだが、
ぼくが転校し、そこで以前よりも悪い成績をとったので、
もの悲しく問いかけるような視線をぼくに投げかけた。

ぼくには、いい成績をとりたいという気持ちがなかった。
落第さえしなければ満足だった。

――断片

「母にとって、ぼくはひとつの悲しい謎となった」のは、カフカにとっても悲しいことだったでしょう。

しかし、カフカは「一所懸命にやっていた」ものの、「いい成績をとりたいという気持ちがなかった」のです。

成績不振は、それが原因と思われます。

いい成績をとりたいというような、がつがつした気持ちは、およそカフカらしくないものですから、仕方がないのかもしれません。

38 教育は害毒だった

考えてみればみるほど、
ぼくが受けた教育は、
ぼくにとっては害毒であった。
非難されるべき人は多い。
ぼくがその人たちの授業を受けながら、
その当時、何か他のことに気を取られていたために、
授業にまるっきり注意を向けなかった、
そういう人たちだ。
この非難に反論されたとしても、ぼくは聞く耳をもたない。

――日記

「他のことに気を取られていた」のは、自分が悪いのでは？ と反論したくなるところもありますが、「この非難に反論されたとしても、ぼくは聞く耳をもたない」というのだから、仕方ないですね。

集中して耳を傾けたくなるような授業をしてくれなかったのがいけない、ということでしょう。

たしかに、退屈で中身のない授業では、集中して聞きたくても無理な話です。

教師にめぐまれなかったのは、カフカにとって不幸なことでした。

もっとも、不幸から力を得るのがカフカなので、幸運だったと言えるのかもしれませんが。

39 何度成功しても自信は湧《わ》かず、ますます不安が高まる

自分は小学校一年も修了できないだろう、
とぼくは思い込んでいました。
実際はそうはなりませんでしたが、
それでも自信は湧いてきません。
逆にぼくは、成功が重なるにつれて、
最後はそれだけ惨《みじ》めになるにちがいないと、
かたくなに信じていました。
こんな状態で、どうして授業に身が入るでしょう？
どの教師がぼくから向学心の火花を引き出せたでしょう？
授業に対するぼくの興味は、
銀行で横領をした行員が、
発覚を恐れてびくびくしながら、
日常の業務をこなしているときの、

心ここにあらずの状態と大差ありませんでした。

——父への手紙

カフカの成績がよくなかった、いちばんの原因は、やはり彼の「自分はダメにちがいない」という思い込みのせいであったかもしれません。

カフカの思い込みの力はすごいものですから。

もっとも、その力が発揮されるのは、ネガティブな思い込みのときだけですが。

落第するだろうという暗い予想が外れても、何度外れても、それでもカフカは「じゃあ、次は大丈夫かも。自分はそれほどダメではないのかも」とはなりません。

「逆にぼくは、成功が重なるにつれて、最後はそれだけ惨めになるにちがいないと、かたくなに信じていました」と言うのが、カフカなのです。

失敗は気持ちを落ち込ませ、成功はさらに不安と心配を増大させる。

それでは、ポジティブになりようがありません。

一般的にネガティブな人というのは、「自分の失敗にばかり注目し、成功は無視する」という傾向を持っています。

カフカの場合は、それがさらに極端であったと言えるでしょう。

第七章　仕事に絶望した！

40 生活のための仕事が、夢の実現の邪魔をする

ぼくの勤めは、
ぼくにとって耐えがたいものだ。
なぜなら、ぼくが唯一《ゆいいつ》やりたいこと、唯一の使命と思えること、
つまり文学の邪魔になるからだ。
ぼくは文学以外の何ものでもなく、
何ものでもありえず、またあろうとも欲しない。
だから、勤めがぼくを占有することは決してできない。
でもそれは、ぼくをすっかり混乱させてしまうことはできる。

——日記

「○○になりたい」という夢を持ちながら、それでは生活ができないために、「パンのための職業」（カフカの言い方）に就いている人は、少なくないかもしれません。

べつに夢はなくても、大半の人にとって仕事は、生活のためのものであり、自分がやりたくて仕方ない仕事をしている幸運な人はあまりいないでしょう。

それでも、仕事をしていくうちに、その苦楽の中に、それなりの喜びややりがいを見《み》出《いだ》していくものです。評価されて嬉《うれ》しかったり、うまくいかなくてくやしかったり。

「仕事がイヤだ。辞めたい」と口にする人は少なくありませんが、かといって、本当に早期退職したりすると、たいていの人は、さびしくなったり、つらくなったりするものです。

しかし、カフカの場合はちがいます。彼は仕事を呪《のろ》い続けます。決して受け入れません。

そういうところは妥協がなく、徹底しています。

のちに病気で辞めることになったときにも、とても喜んでいます。

41 会社の廊下で、毎朝絶望に襲われる

もう五年間、オフィス生活に耐えてきました。
最初の年は、民間の保険会社で、特別にひどいものでした。
朝八時から、夜七時、七時半、八時、八時半……まったく!
ぼくの事務室に通じる細い廊下で、
ぼくは毎朝、絶望に襲われました。
ぼくより強い、徹底した人間なら、喜んで自殺していたでしょう。
今は、はるかによくなって、みんなぼくにやさしくしてくれます。
しかしそれでも充分にひどい状態で、
我慢するために使わなければならない力を考えると、とても割に合いません。

——フェリーツェへの手紙

カフカの仕事の嫌がり方は激しいですが、ではそんなにひどい会社に入ったのかというと、そうではありません。

最初に入った民間の保険会社は、たしかに忙しかったようですが、それでも残業して八時半とか。普通なら、自殺を考えるほどではないでしょう。

しかも、そこは一年もしないうちにさっさと辞めて、友達の父親のコネで、半官半民の「労働者傷害保険協会」に勤めます。

ここは勤務時間が朝八時から午後二時まで！　あとは自由なのです。

とても恵まれた職場と言えます。しかも、カフカ自身が「みんなぼくにやさしくしてくれます」と書いています。職場の人間関係はよかったわけです。それも、カフカですら文句を言わないほどに。

「しかしそれでも充分にひどい状態」なのです。カフカにとっては……。

42 仕事に力を奪《うば》われる

ぼくが仕事を辞められずにいるうちは、
本当の自分というものがまったく失われている。
それがぼくにはいやというほどよくわかる。
仕事をしているぼくはまるで、
溺《おぼ》れないように、できるだけ頭を高くあげたままにしているようだ。
それはなんとむずかしいことだろう。
なんと力が奪われていくことだろう。

——日記

やりたくない仕事をやっている自分は、本当の自分とは言えないでしょう。本当の自分を殺して、ニセの自分を演じることになります。

そのうち、ニセの自分のほうがだんだん幅をきかせるようになってきて、本当の自分のほうが影が薄くなってしまうこともあります。

たいていの人は、何かの職業に就くと、その職業の人らしくなるものです。日々の仕事に埋没して、目指していた夢をだんだんに忘れていくことも、少なくないでしょう。それは仕方のないことです。

しかし、カフカは断固として拒否します。そして苦しみます。

43　仕事をなまけているのではなく、怖《おそ》れている

彼はなまけ者なのだ、と言う人がいる。
彼は仕事を怖れているのだ、と言う人もいる。
後者のほうが、彼を正しく評価している。
彼は仕事を怖れているのだ。
仕事に行こうとすると、
故郷を去らねばならない人のような悲しさにおそわれる。
好ましい故郷ではないとしても、
住みなれ、知りぬいた、安心できる場所を出て行くのだ。
都会の路地をひきずられていく、
生まれて間もない臆病《おくびょう》な仔犬《こいぬ》と、かわりない。
仕事のあとは、疲れきって、また故郷へ戻る。
灰色のおぞましい故郷へ、よろめきながら戻って行くしかないのだ。

——断片

「彼」というのはカフカのこと。自分を彼と呼んで、客観的に書いているのです。

この嘆きは、まさに出社困難なニートの気持ちをよく表しているように思います。

「仕事に行こうとすると、故郷を去らねばならない人のような悲しさにおそわれる」

でも、仕事が終わったあとで、家に戻るときには、「灰色のおぞましい故郷」と感じる。

なぜなら、せっかく外に出て仕事をしたのに、けっきょく戻るのは同じところだからです。何も変わらないからです。

ちょっとわかりにくいかもしれませんが、たとえば、朝、布団《ふとん》から出るときには、出たくないと願う人が多いのではないでしょうか。でも、仕事から帰ってきて、抜け出たときのままのかたちで敷《し》かれている布団を見れば、うんざりした気持ちになるものです。

なお、カフカは毎日のように遅刻をしていたようです。

44　出張のせいで、だいなしに

『変身』に対するひどい嫌悪《けんお》。
とても読めたものじゃない結末。
ほとんど底の底まで不完全だ。
当時、出張旅行で邪魔されなかったら、
もっとずっとよくなっていただろうに……。

——日記

山田太一脚本の『シャツの店』というテレビドラマで、仕事のことしか考えていない、と妻からなじられたシャツ職人が、「仕事だけに集中していないと、他のことに気を散らしてしまうと、どうしても品質が落ちていく」という意味のことを言い返します。

カフカが言いたいのも、そういうことでしょう。

作品の世界に入り込んで書いている最中に、出張でそこからひっぱり出されると、作者当人といえども、またうまく入り込んでいくのは容易ではないのでしょう。

読者でさえ、本は一気に読みたいもの。途中で邪魔されると、面白味が半減することがあります。まして、作者はなおさらでしょう。

ただ、そうでなくても、自分の作品をけなすのは、カフカのお得意ですが。

『変身』はカフカの代表作です。

ノーベル文学賞作家のカネッティは、「『変身』で彼の巧妙の極致に達した」「『変身』を追い越すことのできるような作品はない」と激賞しています。

それでも、カフカ当人にかかれば、「ほとんど底の底まで不完全だ」ということになってしまうのです。

会的地位にはまったく関心なし

この前、ぼくが道ばたの草の繁《しげ》みに寝転ぼうとしていると、
仕事でときどき会う身分の高い紳士が、
さらに高貴な方のお祝いに出かけるために、
着飾って二頭立ての馬車に乗って通りかかりました。
ぼくは真《ま》っ直《す》ぐに伸ばした身体《からだ》を草の中に沈めながら、
社会的地位から追い落とされていることの喜びを感じました。

——フェリーツェへの手紙

あなたが道ばたの草むらで寝っ転がっているとき、出世街道を突き進んでいる知り合いが、大事な会合に出るために、ベンツでそばを通りすぎていったとしたら、どうでしょう？

そこで、「社会的地位から追い落とされていることの喜びを感じ」られれば、カフカなみです。

これほどまでに仕事を嫌がり、出世にもまったく興味がないとなると、その仕事っぷりはいい加減で、ダメ社員だったのでしょうか？

じつは、そうではないのです。遅刻こそよくしていたものの、その仕事ぶりは真面目《まじめ》で、上司からも評価されていました。

たんに義務で仕事をするというだけでなく、やらなくてもいい仕事までやっています。

たとえば、こんなエピソードがあります。

建築現場で左足を砕《くだ》かれた老齢の労働者が、法律上の不備のせいで、カフカの勤めている「労働者傷害保険協会」から年金をもらえそうになかった。そのとき、名のある弁護士が乗り出してきて、お金をもらえるようにしてあげた。しかも、その障害者の老人から、一円の報酬ももらわずに。

この弁護士に依頼し、支払いをしていたのが、じつはカフカだったというのです。

これは仕事熱心のためではなく、彼の弱者への強い思い入れのためでしょうが。

出世したくなかったカフカですが、仕事ぶりが認められ、臨時雇いの見習いから、正式な書記官、書記官主任、秘書官、秘書官主任と、どんどん出世しています。部下もたくさん抱えていました。

それでもカフカにとっては、職場は、本当の自分でいられない場所でしかなかったのです。

第八章　夢に絶望した！

46 なぜ好きな仕事で身を立てようとしないのか？

あなたはお聞きになるかもしれません。
なぜぼくがこの勤めを辞めないのかと。
なぜ文学の仕事で身を立てようとしないのかと。
それに対して、ぼくは次のような情けない返事しかできないのです。
ぼくにはそういう能力がありません。
おそらく、ぼくはこの勤めでダメになっていくでしょう。
それも急速にダメになっていくでしょう。

――フェリーツェの父への手紙

前章を読んで、「そんなに仕事がイヤなら、辞めればいいじゃないか」と思った人も多いかもしれません。

しかし、カフカには文学で生活費を得る自信はありませんでした。その点でも、絶望していたのです。

また、今のように、バイトで生きていける時代でもありません。

だから、「パンのための職業」で自分がダメになっていくとわかっていても、その仕事を辞めずに続けるしかありませんでした。

なお、これは婚約者のフェリーツェの父親に宛《あ》てた手紙です。

婚約者の父親に、「ぼくは今の勤めで急速にダメになっていくでしょう」などと、よく書けたものです。さすがカフカです。

この手紙を父親に渡すように言われたフェリーツェは、父親には見せませんでした。当然ですね。

47 自分のやりたいことでは、お金にはならない

ぼくの仕事が長くかかること、
またその特別の性質からして、
文学では食べてゆけないでしょう。

——日記

カフカの親友のブロートは、作家でした。大学時代からすでに文壇で認められ、新進作家として活躍していました。

作家として生活している見本がすぐそばにいたわけです。

「だったら、カフカも最初からあきらめずに、作家として身を立てることに挑戦してみてもよかったのでは？」と言いたくなります。

でも、カフカはまったくそんな野心を抱いていません。あれほど勤めを嫌がりながらも、最初から「文学では食べてゆけない」と決めてしまっています。

これはなぜなのか？

彼の書くものが、他の人たちの書くものとはまったくちがっていたからです。

ブロートの小説は、ありきたりで、いかにも一般受けする内容でした。

カフカもそういうものを書く気があれば、作家として生活していけたでしょう。

でも、カフカはそういうものを書く気はありませんでした。

彼は作家という称号を手に入れたかったのではなく、書きたいものを書きたかったのです。

それは一般にはウケない。だから、生活はできない。

それはわかっていても、生活のために嫌な勤めをすることになっても、そこは曲げられなかったのです。

ですから、「文学では食べてゆけない」というカフカの絶望は、いつもの彼の自信のなさの表れというだけでなく、じつは彼の自分の作品に対する大いなる自負の表れでもあるのです。

「ぼくの仕事が長くかかること、またその特別の性質からして」というのは、そういうことです。

48 書けば失敗、書かなければ箒《ほうき》で掃き出されて当然

ぼくの生活は以前から、
書く試み、それもたいてい失敗した試みから成り立っていました。
書かないときは、
ぼくは床に横たわり、
箒で掃き出されて当然といった状態になるのでした。

——フェリーツェへの手紙

カフカは小説を書くことを、自分の天職と考えていました。

生前は小説家としての名声を得ることはありませんでしたが、ずっと自分のことを小説家としてあつかっています。

家族はそのことを、多少、滑稽《こっけい》に感じていたふしがあります。とくに父母は。

母親は、カフカが結婚したり子供を作ったりすれば、文学への関心も薄れるだろうと考えていました。ようするに、まだ子供だから、文学に夢中だが、大人になって、実生活を始めれば、そんなことはどうでもよくなってくる、と考えていたのです。

カフカが自分の本を出すことができたときでさえ、それを父親に贈ろうとすると、父親は「ナイト・テーブルの上に置いておいてくれ」と言いました。この軽視は、カフカを深く傷つけたようです。

もっとも、カフカが本を出すことができたのは、彼の実力が認められたからではなく、人気作家である親友のブロートの尽力のおかげでした。

それでも彼は、自分を小説家とみなし、それ以外の何者でもないと思っていました。

そこまで夢中になれるものがあるのは、幸せなことです。

しかし、単純に幸せを感じたりしないのがカフカ。自分の書くものは「たいてい失敗」とみなしていたのです。

49　いろいろなことが、夢の実現を邪魔する

ぼくの生活はただ書くことのために準備されているのです。
時間は短いし、
体力はないし、
仕事はおそろしく不快だし、
住居は騒がしいし、
快適でまともな暮らしができないなら、
トリックでも使って切り抜ける道を見つけるしかありません。

——フェリーツェへの手紙

いい作品を書くことが、カフカの夢でした。

しかし、さまざまな障害がありました。

大半はカフカが神経質すぎるせいとも言えますが。

時間のなさ、体力のなさ、勤めのつらさ、騒音、ありとあらゆることがカフカを責め立てます。

とても小説を書いていられないほどに。

それでも、前にも述べたように、カフカはかなり膨大な量の原稿を遺《のこ》しています。一部はカフカ自身が焼き捨てたようですから、もっとあったはずです。

トリックが見つけられた様子はありませんから、さまざまな邪魔にあっても、なお人はそれだけのことができる、ということでしょう。

50　書くどころか、ものを言うこともできない

ぼくは、
ちゃんと物語ることができません。
それどころか、ほとんどものを言うこともできません。
物語るときはたいてい、
初めて立ち上がって歩こうとする幼児のような気持ちになります。

――フェリーツェへの手紙

自分を小説家とみなしていたカフカですが、自分の作品はつねにけなしています。
求めるものが高すぎて、なかなか満足できないのです。
それにしても、この言葉は究極です。
「ほとんどものを言うこともできない」というのですから。
作家が自分の能力をここまで否定した例は、おそらく他にはないでしょう。

51 途方にくれて、たえず同じことを

彼は、彫像を彫《ほ》り終えた、と思い込んでいた。
しかし実際には、たえず同じところに鑿《のみ》を打ちこんでいたにすぎない。
一心に、というより、むしろ途方にくれて。

——断片

たしかに、カフカの小説は、「同じところに鑿を打ちこんで」いるような感じがします。

ある何かを描こうと、ずっと懸命になっているような。

もちろん、いろんな小説があって、それぞれに面白いのですが、そうやっていろいろと工夫をしながら、ひとつのところを目指しているような感じがするのです。

多くの作品が未完なのは、「途方にくれて」しまうからでしょうか。

しかし、未完であることも、むしろ魅力になっています。「考える人」で有名なロダンの彫刻が、未完成であることで、より魅力的であるように。

バベルの塔が崩れたのは、天にまで届かせようとしたことに、そもそも無理があったから。カフカも、もともと作品の完成が不可能なほど、高みを目指しすぎているのです。

夢を一所懸命に目指しているのに、なかなか芽が出ない人の多くも、それが原因かもしれません。

52 悪作の証明

とにかく作品そのものは、
底の知れない悪作です。
その悪作である理由を一行ずつ証明してあげることもできます。

——ミレナへの手紙

カフカは亡《な》くなる前にブロートに「遺稿《いこう》はすべて焼き捨てるように」と遺言しました。

一生かけて書いてきたものを、すべて焼き捨てろというのです。

カフカの自作に対する評価はそこまで厳しかったのです。

完全な作品を目指す者にとって、完全とは思えない作品が残って、完全な作品と誤解されることほど辛《つら》いことはありません。

しかし、ブロートはこの遺言を守りませんでした。それどころか、遺稿を出版しました。

これについては、さまざまな意見があります。

「裏切りだ」という意見もあります。

「カフカはブロートが焼かないとわかっていたはずだ」という意見もあります。ブロート自身もそういう意見です。

「焼き捨てると遺言した作品だ、という但《ただ》し書き付きでなら、残ってもいいと思っていたのでは」という意見もあります。

いずれにしても、今、世界中でカフカが知られているのは、ブロートのおかげです。

遺稿の出版は簡単なことではありませんでした。出してくれる出版社がなかなか見つからず、有名人の関心を引こうとしても、「カフカの名前は一度も聞いたことがないと伝えてきた」そうです。

それでも彼は何十年も出版の努力を続けました。

ブロート自身の小説は時の流れと共に忘れ去られていきました。しかし、逆にカフカの小説は時の流れと共に名声を獲得しました。

ブロートの名前は、今ではカフカの紹介者として歴史に刻まれています。

彼らはそれをどう思うことでしょう？

53　夢がすべてだが、その夢もあてにならない

文学者としてのぼくの運命は、非常に単純だ。夢見がちな内面生活を描写することが人生の中心となり、他のすべてのことを二の次にしてしまった。ぼくの生活はおそろしくいじけたものになり、いじけることをやめない。内面生活の描写以外、他のどんなことも、ぼくを満足させられないのだ。しかし今や、描写をするためのぼくの力は、まったく当てにならず、おそらく永久に失われてしまったようなのだ。

――日記

「他のすべてのことを二の次にしてしまった」というのは、たしかにその通りです。勤めもおろそかになりましたし、結婚もうまくいかず、家庭を持つこともできませんでした。

にもかかわらず、そこまでして人生の中心にすえている「夢見がちな内面生活を描写すること」が、「まったく当てにならず」それどころか「おそらく永久に失われてしまったようなのだ」というのですから、まったく絶望的な告白です。

でも、この日記が書かれたのは、一九一四年の八月のことです。

これ以降にカフカは、『訴訟（審判）』『城』などの重要な長編小説や、『流刑地《るけいち》にて』『田舎医者』『万里の長城』などの数々の名作短編を生み出していきます。

これは絶望が間違っていたということではありません。

人は絶望からも力を得ることができるし、絶望によって何かを生み出すこともできる、ということです。

第九章　結婚に絶望した！

54 結婚することにも、しないことにも絶望

ぼくは彼女なしで生きることはできない。
……しかしぼくは……
彼女とともに生きることもできないだろう。

——日記

この「彼女」というのは、これまでもたびたび出てきたフェリーツェのことです。彼女なしでは生きていけないし、彼女とも生きていけないとしたら、いったいどういうことになるのか？

カフカはフェリーツェと、二度婚約して、二度婚約破棄しました。

婚約も婚約破棄も、カフカから申し込んだものです。

カフカはフェリーツェを熱烈に愛し、必死で求めました。彼女に送ったラブレターの数はただ事ではありません。約五年間で、活字のとても小さいドイツ語のペーパーバックで約八〇〇ページ分、これも活字の小さい二段組みの日本語の全集でも二冊分あります。毎日のように書くのはもちろん、しばしば一日に何通も送り、電報まで使っています。今なら怖がられるでしょう。

カフカも自分でこんなふうに書いています。「ぼくはあなたを求めて必死に戦っています。どんなメルヘンの、どんな女性を求める戦いも、これにはかなわないでしょう」

それなのに、いざ婚約までこぎつけると、自分から破棄してしまう……。

不思議に思う人も多いかもしれません。

でも、じつは現代ではこういう人が増えています。若者だけでなく中年層においても。心理学のほうでは名前までついていて、「アンビバレント型」と呼ばれています。

恋人といっしょにいたいのに遠ざけてしまったり、すごく好きになったり嫌いになったり、気持ちが両極端に揺れ動きやすい傾向があります。

しかし、揺れ動きながらも、相手から本当に離れてしまうことはできません。依存度は高いのです。

あなたの中にも、そんな感情がありませんか？

55　愛せても、暮らせない

誰でも、ありのままの相手を愛することはできる。
しかし、ありのままの相手といっしょに生活することはできない。

——日記

なるほど、とも思ってしまいますね。

気持ち的にはありのままの相手を受け入れられても、いっしょに生活するとなると、難しいかもしれません。

しかし、この言葉は、むしろカフカが、相手から言われそうです。

絶望ばかりしているカフカを愛することはできると思いますが、いっしょに生活するのは、本当に大変そうです。

56 「普通」にあこがれる

結婚し、
家庭を築き、
生まれてくる子供たちを育て、守り、少しだけ導いてあげること。
これこそひとりの人間にとって、この上ない成功です。
ぼくはそう確信しています。
多くの人々がごく簡単にそれをやってのけているからといって、
そうではないという証拠にはなりません。

——父への手紙

「普通の人」と言われることを、嫌がる人はたくさんいます。

そういう人たちにとって、「普通」は自分より下です。

しかし、カフカにとっては、「普通」は自分よりずっと上にあって、手が届きません。

普通に結婚して、普通に子供を作って、家庭を持つ。

ただそれだけのことに、カフカはどれほどあこがれたことでしょう。どれほどあがいたことでしょう。

そして、けっきょく、カフカは生涯、独身でした。

57　ふりまわされる女性

結婚しようと思いついたのはぼくのほうで、
結婚が実現するように押し進めたのもぼくのほうなんです。
彼女はただ驚いて、仕方なしにしたがっただけです。

——ミレナへの手紙

なんとか結婚しようと頑張るカフカ。

その姿もあわれですが、もっとかわいそうなのは、相手の女性です。

カフカはなぜフェリーツェを好きになったのでしょうか？

初めて会った後で、カフカはフェリーツェの印象を日記に書いています。

「女中かと思った」「間延《まの》びして、骨張った、しまりのない顔」「所帯《しょたい》じみて見える服装」「つぶれたような鼻」「ごわごわした魅力のない髪」「がっしりした顎《あご》」

まるっきり悪口のようです。ところが、そのすぐ後に続けて、カフカはこう書いているのです。「もうぼくは揺るぎない決断を下していた」

つまり、カフカのほうの一目惚《ひとめぼ》れなのです。

いったいどこを気に入ったのか？

「彼は彼女のたくましさにしがみ付きたいのである」とカネッティは言っています。

たしかに、右に並べたフェリーツェの特徴は、身体《からだ》が丈夫そうで、生活力がありそうです。

それはカフカにはないものです。

カフカは彼女のその力を頼りに、結婚へと漕《こ》ぎ出そうとしたのかもしれません。

58　三度目の正直も起きず

三度の婚約のすべてに共通しているのは、
いっさいの責任はぼくにあり、すべてぼくのせいだということです。
二人ともぼくが不幸にしました。
それも、ぼくに結婚する力がなかったからです。
しかも一方でぼくは、絶望的に彼女を愛し、
結婚以上に努力したことは他に何もなかったほどです。

——ミレナへの手紙

フェリーツェとの二度の婚約と二度の婚約破棄の後、カフカはさらに別の女性とも、もう一度、婚約をしています。

ユーリエという女性です。

しかし、彼女とも、けっきょく結婚することはありませんでした。

結婚にあこがれ続けながら、そして婚約してくれる相手もいたのに、それでもついにカフカは結婚できませんでした。

59　結婚しなかった理由

では、なぜぼくは結婚しなかったのでしょうか？

結婚を決意した瞬間から、もはや眠れなくなり、昼も夜も頭がカッカし、生きているというより、絶望して、ただうろついているだけ、という状態に陥《おちい》りました。

原因は、不安、虚弱、自己軽蔑《けいべつ》などによるストレスです。

つまり、ぼくはあきらかに精神的結婚不能者なのです。

――父への手紙

「マリッジブルー」という言葉がありますが、男性で、これほどまでにそういう症状があらわれる人は、珍しいでしょう。

「結婚くらいのことで」と思えるのは、普通のことを普通にやすやすとやってのけられる人であって、カフカの場合には、とても受けとめきれない大事業なのです。

なお、フェリーツェのほうは、カフカと別れた後、お金持ちの実業家と結婚し、子供も二人できました。

60 結婚こそが現実入門

女性は、いやもっと端的に言えば結婚は、
おまえが対決しなければならない実人生の代表である。

——八つ折り判ノート

この「おまえ」というのはカフカ自身のことで、自分で自分に言い聞かせているのです。

歌人の穂村弘《ほむらひろし》が書いた『現実入門』（光文社文庫）という本が思い出されます。

その本のコピーにはこうあります。「『現実』を怖《おそ》れ、逃げ続けてきた男が、四二歳にして初めて挑む。やるぞ、献血、合コン、部屋探し、そして遂《つい》にプロポーズ！」

著者が今までの人生でやらずにいたことに次々と挑戦していくというエッセイです。

その『現実入門』のクライマックスも、やっぱり結婚なのです。

結婚こそは、現実、実生活の代表なのでしょう。

男性も女性も、結婚しない人が増えているのも、現実を怖れ、逃げ続けている人が増えているということもあるのかもしれません。

61　女性に近づくだけで無数の傷が

ぼくはひとりの少女を愛した。少女もぼくを愛した。
しかし、ぼくは去らねばならなかった。
なぜか？　ぼくには今でもわからない。
まるで彼女のまわりを兵士がとり囲んで、
外に向かって槍《やり》を突き出しているかのようだった。
彼女に近づくと槍の先が突き刺さり、
傷つけられて、すごすご退散しなければならなかった。
無数の傷にどれほど苦しんだことか。
少女に責任はなかった。その点はよくわかっている。
じつは、ぼくのほうも兵士にとり囲まれていたのだ。
ただし、その槍の先は内側に、つまりぼく自身に突きつけられていた。
少女に強引に近づこうとすれば、まず自分の周りの兵士たちの槍に刺され、ここでもう前進できなくなったのだ。

少女はそれからずっとひとりなのか？

いや、他の男がやすやすと、なんの妨害も受けずに彼女に近づいた。

彼らの顔が初めてのキスで重なり合うのを、ぼくはただぼんやり見ていた。

ぼくはまるで空気のようだった。

——断片

これは具体的な実体験というより、カフカの恋愛体験全般、女性に対する思いを表したものでしょう。

シャイな男性なら、きっと共感できることでしょう。男性だけでなく、女性も。

相手も好意を持ってくれていることがわかっていてさえ、好きな人に近づくことができないのです。近づこうとするだけで傷ついてしまう。

そんなことをしているうちに、そんな繊細さなどまるで持ち合わせていないやつが現れて、やすやすと相手をかっさらっていってしまう。

そして、もうそのときには、自分の存在などは、二人の目には入らないのです。

そんな悲しい恋愛体験を、カフカも若いときにたくさんしたのでしょう。

第十章　子供を作ることに絶望した！

62 子供を持ちたいが、持てない

ぼくは、決して子供を持つことはないでしょう。

——フェリーツェへの手紙

今は子供を作らない人も増えています。

「子供が嫌い」「子供がいても、どうせ親の面倒なんてみてくれない」「お金がかかるだけ」

カフカの場合は、そういう理由ではありません。

普通の人のように、子供を作って、家庭を作りたい気持ちは、とても強いのです。

でも、同時に、とても強いためらいも持っています。

この「ぼくは、決して子供を持つことはないでしょう」という未来予想は、「ぼくは決して子供を持たない」という意志の表明ではなく、自分が望むものを、自分は手に入れられないだろうという、ため息のようなものなのです。

63 父親になるという冒険

ぼくは父親になるという冒険に、決して旅立ってはならないでしょう。

——フェリーツェへの手紙

はたして、自分が親になれるのか？　その役割がつとまるのか？

こういう不安は多くの人の胸をかすめると思います。それでもみんな、「なるようになる」というような、一種の思い切り、あるいは何も考えないようにすることで、そこを飛び越えます。

でも、カフカはそうはいきません。ちょっとでも不安があれば、それは彼の中でどんどんふくれあがっていきます。

64 自分の血を遺《のこ》していいのか？

ぼくの血は流れ続けることを欲しない。それはまったく頑固です。

――フェリーツェへの手紙

自分の遺伝子を伝えるというのは、生き物にとっていちばん強い本能でしょう。

だからこそ、人類はここまで存続してきたわけで。

しかし、自己嫌悪《けんお》が激しい場合には、自分に似た存在を誕生させることに、嫌悪感や、罪悪感さえ覚えてしまう場合があります。

カフカもおそらくそうなのでしょう。

65 自分に似た子供への嫌悪

もし結婚して、
ぼくのような、
無口で、鈍くて、薄情で、罪深い息子が生まれたら、
ぼく自身はとても我慢できず、
ほかに解決策がなければ、
息子を避けてどこかへ逃げ出してしまうでしょう。
ぼくが結婚できないのは、こういうことも影響しているでしょう。

――父への手紙

自分に似た子供が生まれれば、普通は嬉《うれ》しいでしょう。カフカの父親とカフカの不仲も、二人がちがいすぎることが原因です。

「親に似ぬ子は鬼子」などと言います。

でも、カフカの場合は、自分に似ると鬼子なのです。

つまり、彼は自分自身に我慢ができないのです。自分なので、逃げることはできませんが。

じつは、そんなカフカに子供がいたという話もあります。

フェリーツェの友人で、グレーテという女性がいます。カフカと彼女の間には、たしかに一時期、恋愛感情が芽生えていました。

そのグレーテが、カフカが亡《な》くなってから一六年後に、ある人への手紙の中で、カフカの子供を産んだと書いているのです。ただ、生まれた子供は七歳で亡くなり、子供が生まれたことも死んだことも、父親であるカフカには知らせなかったというのです。

この話は、当時の手紙や日記や状況から考えて、本当のこととは考えにくいとされています。カフカの性格から言っても、ちょっと考えにくいことです。

ただ、真実はわかりません。

子供がいたかもしれないという話があるだけでも、カフカにとっては、もしかすると嬉しいことかもしれません。

第十一章　人づきあいに絶望した！

66 人とつきあうことの圧迫感

実際ぼくは、人と交際するということから、見放されていると思っています。
見知らぬ家で、見知らぬ人たち、
あるいは親しみを感じられない人たちの間にいると、
部屋全体がぼくの胸の上にのしかかってきて、ぼくは身動きができません。

――フェリーツェへの手紙

シャイな人は、人といっしょにいると、だんだんつらくなってきます。人の気持ちが気になって、自分が恥ずかしくて、息をするのが苦しくなってきます。

では、そういう人は、人づきあいが嫌いでしょうか？

もちろん、苦しいので避けたくはなります。でも、基本的には社交的な人も少なくないのです。

シャイと社交性は、まったく独立した、別の性質であることがわかっています。

ですから、シャイであり、同時に社交性もある、という組みあわせの人もいるのです。

そういう人は、いちばんつらい思いをしてしまいます。

なぜなら、人といっしょにいたいのに、人といっしょにいると苦しいからです。

カフカはまさにそういう人であったように思われます。

67 人といると、自分の存在が消えていく

またいろんな人たちとムダな晩を過ごしました。
ぼくは彼らの話を聞くために努力しました。
しかし、いくら努力しても、ぼくはそこにいませんでした。
他のところにもいませんでした。
ひょっとするとぼくはこの二時間、生きていなかったのでしょうか。
そうにちがいありません。
なぜなら、もしぼくがあそこの椅子《いす》にすわって眠っていたのなら、
ぼくの存在はもっとたしかだったでしょうから。

――フェリーツェへの手紙

他の人たちは話が通じ、心が通い合っているのに、自分だけはそうなれない。そこにいるのに、いないかのような、自分の存在が消えてしまったかのような、心もとなさ。

大勢の集まる場で、そんな疎外感《そがいかん》を味わったことがあるのは、カフカだけではないでしょう。

そんなムダな晩を過ごしても、またしばらくすればそんな晩を過ごしてしまうのです。

人といればひとりでいたくなり、ひとりでいれば人といたくなるものだから。

68　二人でいるほうが、もっと孤独

二人でいると、
彼は一人のときよりも孤独を感じる。
誰かと二人でいると、相手が彼につかみかかり、彼はなすすべもない。
一人でいると、全人類が彼につかみかかりはするが、
その無数の腕がからまって、誰の手も彼に届かない。

——日記

「彼」というのは、ここでもカフカのことです。

ひとりきりでいるという、文字通りの孤独よりも、誰かといっしょにいるのに、その人と心が通じないという孤独のほうが、より深刻でつらい孤独です。

ひとりでいるというだけの孤独なら、誰かと会えば解消されるかもしれませんが、誰かと会っているのに孤独だとしたら、もう救われようがないからです。

「相手が彼につかみかかり、彼はなすすべもない」というのは、実際に暴力をふるわれるわけではなく、相手とうまくやりとりすることができず、どうすることもできないということです。

ひとりでいると、他の人々は「世間」とか「社会」という、大きなひとつのかたまりになります。それはより強大で、自分をおしつぶそうとしてきます。

それでも、目の前に立っているたったひとりのわかりあえない他人よりは、まだずっとましなのです。

69　友人との関わりに希望はない

友人との関わりについて、
いま自分なりに整理してみると、
それはむなしい助走であった。
人が長い人生の間にくりかえし試みる、たいていは希望のない助走のひとつ。
助走だから、次には跳躍《ちょうやく》がくる。
しかし、はたして前向きに人生の中に飛び込んでいけるのか、
それとも人生から飛び出してしまうのか、
当人には見当もつかない。

——断片

友人について、ずいぶん悲観的なことを書いていますが、カフカにはブロートという親友がいました。

大学時代に知り合い、カフカが亡《な》くなるまで、その友情は続いています。

いいえ、カフカが亡くなった後も、何十年も、ブロートは命のある限り、カフカの作品を世に出すことに力を尽くしました。

そのおかげで、今こうしてカフカの名前は永遠のものとなっていますから、その友情も永遠に続くと言っていいのかもしれません。

ただ、カフカとブロートは、まったく対照的な人物でした。

一方は、一般受けする小説を書く人気作家で、世渡りが上手です。妻帯者。

一方は、お金にならない小説を書く無名作家で、極度の世渡り下手です。独身。

お互いに自分にないところに惹《ひ》かれたのかもしれません。

それにしても、ずっと不思議に思っていたことがありました。

カフカほどの作家が、なぜブロートのような作家との友情を大切にしていたのか？

カフカの目から見れば、ブロートの小説はとても読めたものではなかったはずです。

この疑問に、作家のクンデラが見事に答えてくれました。

「あなたがたは親友がしょっちゅう下手な詩を書くからといって、その親友が好きでなくなるだろうか？」

第十二章　真実に絶望した！

70 真実の道には、人をつまずかせる綱《つな》が

真実の道を進むためには、
一本の綱の上を越えていかなければならない。
その綱は、べつに高いところに張られているわけではない。
それどころか、地面からほんの少しの高さに張られている。
それは歩いていかせるためよりも、
むしろ、つまずかせるためのものであるようだ。

――罪、苦悩、希望、真実の道についての考察

真実の道に、人をつまずかせるための綱が張られているというのが、いかにもカフカ的です。

同じドイツの文学者でも、根の明るいゲーテは「実り多いものだけが真実である」と言っています。

真実の実りをたくさん得るゲーテと、真実の道でつまずかされるカフカ……。

あなたはどちら側でしょう？

71 嫌がっても迫ってくる、受け入れがたい真実

避けようとして後ずさりする、しかめっ面《つら》に、
それでも照りつける光。
それこそが真実だ。ほかにはない。

——罪、苦悩、希望、真実の道についての考察

真実というと、何か素晴らしい宝石のようですが、実際には、飛びついて手に入れたくなるようなものではなく、それどころか、嫌がってもなお迫ってくるような、受け入れがたいものだということです。「こんな真実はイヤだ！」と思っても、それ以外の真実などないのです。

では、こんなふうに真実に絶望していたカフカが、真実を避け続けていたかというと、そうではありません。むしろ、真実を追い求め続けていました。

カフカは友達への手紙に書いています。

「いったい何のためにぼくらは本を読むのか？　君が言うように、幸福になるためか？　やれやれ、本なんかなくたって、ぼくらは同じように幸福でいられるだろう。いいかい、必要な本とは、このうえなく苦しくつらい不幸のように、自分よりも愛していた人の死のように、すべての人から引き離されて森に追放されたときのように、自殺のように、ぼくらに作用する本のことだ。本とは、ぼくらの内の氷結した海を砕《くだ》く斧《おの》でなければならない」

「そんな本、読みたくない！」と拒絶したくなるところは、まさに「真実」と同じですね。

カフカはそういう本を書きました。

72　目の前の現実はすべて幻影

すべては幻影だ。
家族も、仕事場も、友達も、道も。
遠くにいようと、近くにいようと、すべて幻影だ。
女性もそうだ。
すべてはおまえの頭の中にしかない。
窓もドアもない独房の壁に、
おまえが自分の頭を押しつけているのだけが真実だ。

――日記

映画『マトリックス』を思い出した人もいるかもしれません。

カフカはSFの世界にも、強い影響を与えました。不安な妄想を作品にする方法をあみ出したためです。

たとえばフィリップ・K・ディックは、「この宇宙も、じつは誰かの頭の中の妄想にすぎない」「過去の記憶はすべて植え付けられたニセモノ」「自分が本当は自分ではない」というような、アイデンティティー（自分は何者なのか）の不安を描いたSF作品をたくさん生み出しました。

スティーヴン・スピルバーグの映画『激突！』の原作・脚本で知られているリチャード・マシスンは、妻が消え、友達が消え、会社が消え、家が消え、ついには自分まで消えてしまう「蒸発」という短編を書いています。

こういうわけのわからない話を、読者が面白いと感じるのも、そうした不安をどこかで少しは感じているからです。

現実と思っているすべてが、じつは自分の頭の中だけの幻影にすぎないのではないか？

とくに思春期にはこういう不安を持つことがあります。自分を取り巻く現実に対して、充分な現実感を覚えることができないためです。

ひどくなると、自分の身体《からだ》さえ、自分のものに思えなくなることもあります。さらには、「離人《りじん》・現実感喪失症候群《そうしつしょうこうぐん》」という病名をつけられてしまうことも。

病気すれすれの、でも誰もが少しは感じる不安を、カフカは誰よりも強く感じ、決して安心しようとはしません。でも、病気にまで至ってしまうことはなく、苦しいままに現実に留《とど》まります。

そういう人は珍しく、カフカのような人が他にはいないのは、そのためでしょう。

第十三章　食べることに絶望した！

73 極端な食事制限

夜、ぼくが食べないからといって、
かわいそうな母はめそめそ泣く。

——日記

「食べない」ということは、カフカのひとつの特徴です。

自分の身体《からだ》が細くて虚弱なことを心配しながら、それでもかたくなに食べません。

それは健康になることを拒否しているわけではありません。まったく逆です。身体を守るためにこそ、簡単には食事をとらないのです。

考えてみれば、食べるということは、外のモノを内に入れるということです。自分以外のモノを自分の身体の中に吸収するということです。

見知らぬ他人を簡単には部屋の中に入れられないように、食べ物を不用意に口の中に入れて飲み込むようなことは、とてもできないのです。

食べ物は、口に入れていいものかどうか、充分に吟味《ぎんみ》され、少しでも疑念を感じさせるものは、いっさい拒否されます。

たとえ、母親の手作りの料理で、それを食べないことで母親が泣くとしても。

74 カフカの食卓

ぼくは朝昼晩の食事をとるだけで、
間食はいっさいしません。
食事の量も少なく、
とくに肉類は普通の人が少ないと感じる以上に少ないです。
おやつはぼくには害になります。

――フェリーツェへの手紙

カフカは基本的に菜食主義で、口にするのは、野菜、果物、ナッツ類、ミルク、ヨーグルト、ライ麦パンなどです。宗教的な理由などではなく、すべて健康のためです。

これだけなら、現代のダイエットをしている人レベルで、たしかに健康的と言えるでしょう。

でも、カフカの場合は、もっと極端です。

「彼は毒と危険を自分のからだから遠ざけようと努めている」「呼吸として、食べ物として、飲み物として、薬剤として彼の口にはいるすべての毒が肉体の脅威である」とカネッティは書いています。

新鮮な空気を吸うために、冬のいちばん寒いときでも、開いた窓のそばで寝ます。

さらに全身を新鮮な空気にさらすために、しばしば裸になって体操します。

暖房は空気を汚すので、いっさい禁止。

喫煙なんて、とんでもないことです。

アルコール類はもちろん、コーヒーやお茶も飲まないようにしていました。刺激物だからです。

しかし、その結果、健康になれたかと言うと、カフカ自身も書いているように、「心配がだんだんふくれあがっていって、最後には本当の病気にかかってしまうのです」

これほど節制し、新鮮な空気を大切にしていながら、彼が結核にかかってしまったのは、じつにかわいそうなことに思えます。しかし、冬でも暖房なしで窓を開け放し、裸になっていたことは、もしかすると、悪いほうに作用したかもしれません。

75　むさぼり食いたい衝動

胃が丈夫だと感じさえすればいつでも、
ムチャな食べ方をする自分を想像したくなる。
古く硬いソーセージを噛《か》みちぎり、
機械のように咀嚼《そしゃく》し、がむしゃらに飲み込む。
厚いあばら肉を噛まずに口の中に押し込む。
ぼくは不潔な食料品店を完全に空っぽにしてしまう。
鰊《にしん》やキュウリや、傷《いた》んで古くなって舌にピリッとくる食べ物で、
腹をいっぱいにする。

——日記

自然食品しか口にしないようにしている人でも、ときにはファーストフードなどをむさぼり食べてみたい衝動にかられるときがあるのではないでしょうか。

カフカにもそういう気持ちがあったようです。

たんに肉をがつがつと食べたいだけでなく、「不潔な食料品店」としているところが泣かせます。

カフカでさえ、ときには自分の神経質に疲れて、清潔とか毒とか害とか、そんなことをいっさい考えずに、食欲のままに、食べ物にかぶりついてみたかったのです。

しかし、彼の胃が弱ったのは心配しすぎのせいなのですから、もし彼が最初から何も気にせずに食事をしていたら、この願望通りのことが可能な、丈夫《じょうぶ》な胃のままであったかもしれません。

76 食べたいけど、食べられるものがない

「私はうまいと思う食べ物を見つけることができなかった。
もし好きな食べ物を見つけていたら、
断食《だんじき》で世間を騒がせたりしないで、
みんなと同じように、
たらふく食べて暮らしたにちがいないんだ」

――小説『断食芸人』

これはカフカの日記や手紙ではなく、小説の一節です。

断食を芸としていた男が、死ぬときに、こう言い残すのです。

これは、カフカ自身の胸中の吐露《とろ》と言ってもいいでしょう。

みんなと同じようにたらふく食べたいけれど、できない。

みんなと同じように結婚したいけれど、できない。

みんなと同じように普通に生きたいけれど、できない。

決して、そうしたくなかったのではないのだ、と。


じつはカフカは、家族や仕事や知り合いから遠く離れて、旅先の田舎の保養所でくつろいで安心しているときには、肉を食べています。

そして、太りさえしているのです！

彼の食に対する拒絶は、あきらかに彼の現実に対する拒絶、不安がもとになっています。

第十四章　不眠に絶望した！

77 眠れないし、眠りの質が悪い

今日はひどい不眠の夜でした。
何度も寝返りを打ちながら、
やっと最後の二時間になって、
無理矢理に眠りに入りましたが、
夢はとても夢とは言えず、
眠りはなおさら眠りとは言えないありさまでした。

——フェリーツェへの手紙

これには共感できる人も多いのではないでしょうか。

不眠に悩んでいる人は、今でもたくさんいます。というより、今のほうが増えていて、現代病とさえ言われます。

病院に睡眠外来ができたり、睡眠クリニックも街中に見かけるようになりました。

眠れずにベッドの上で寝返りばかり打っているのはつらいものです。

睡眠の質が悪いのもつらいものです。

睡眠薬を常用している人も少なくないでしょう。

でも、カフカは薬剤を口にしないようにしていたので、睡眠薬は飲めません。

お酒も飲まないので、寝酒というわけにもいきません。

78　不眠の夜のラッパ

たちまちのうちにまた、
不眠の夜のラッパが鳴り響くのです。

――ミレナへの手紙

ふざけた言い方の中に、不眠への絶望が感じられます。

食事については、まだしも自分でコントロールできます。

しかし、睡眠については、ちゃんと眠らなければと思えば思うほど、かえって眠れなくなるものです。

ですから、カフカの絶望もより深いものがあります。

79　永遠の不眠

この現世《うつしよ》の短い夜たちのために、
永遠の夜に対する不安さえ抱きかねません。

——ミレナへの手紙

カフカには自殺願望がありましたが、それを思いとどまれたのは、もしかすると、不眠のおかげもあったのかもしれません。

死を「永遠の眠り」とするなら、眠りで苦しめ続けられているカフカにとって、それは永遠の不眠ということになりかねません。

もちろん、本気でそんな心配はしなかったでしょうが、それでも「永遠の眠り」ということに、あこがれを感じにくかったのではないでしょうか。

80　不眠と頭痛で白髪《しらが》になった

ぼくは三七歳。もうじき三八歳です。
でも、不眠と頭痛のせいで、
髪がほとんど白くなりかけています。

――ミレナへの手紙

遺《のこ》されているカフカの写真を見ると、髪がほとんど白いということはありません。それどころか、むしろ黒々としています。

おそらく、白髪がちらほら出てきてはいたのでしょう。この年齢なら、自然なことです。

でも、カフカにはそれがとても目立って感じられたにちがいありません。

皮膚科や美容整形外科には、「顔中にシミがある」という女性がよくやってくるそうです。しかし、医師の目から見て、そんなに目立つシミはありません。

そう言っても、患者さんは承知しません。「光を当てて、この角度から見ればわかる」などと言いつのります。そこまで頑張らないと見えないシミなら、問題ないのではと言っても、「ものすごく目立っている」と主張して譲《ゆず》りません。

自分の長所は目に入らず、欠点だけが目に入るためです。それで欠点だらけに見えてしまうのです。つまり、シミの問題ではなく、心の問題です。

カフカの場合も、黒髪は無視し、白髪ばかりが目に入って仕方なかったのでしょう。

彼ほど、自分の欠点に敏感な人はいませんから。

81　なぜ眠れないのか？

ベッドでじっと横になっていると、
不安がこみあげてきて、
とても寝ていられなくなる。
良心、
果てしなく打ち続ける心臓、
死への恐怖、
死に打ち勝ちたいという願いなどが、
眠りを妨《さまた》げる。
仕方なく、また起き上がる。
こんなふうに寝たり起きたりをくり返し、
その間にとりとめのないことを考えるのだけが、ぼくの人生なのだ。

――補遺

不眠の原因も、やはり不安や心配です。

不安や心配で眠れなくなり、さらに不安や心配が高まるという悪循環。

もし監視カメラで見張られていたら、普段ならよく眠れる人でも、かなり寝づらいでしょう。カフカの場合もそれに近いものがあります。自分のことを気にしすぎているために、いつまでも神経が安まらないのです。監視しているのも監視されているのも自分です。

「こんなふうに寝たり起きたりをくり返し、その間にとりとめのないことを考えるのだけが、ぼくの人生なのだ」

こんなふうにまとめてしまうと、人生はずいぶんむなしいもののようです。

でも、この「とりとめのないこと」に意外と価値があります。

カフカの場合もそうですし、私たちの場合も同じでしょう。

第十五章　病気に絶望……していない！

82 ついに本当に病気になる

ほぼ三年前ですが、真夜中の喀血《かっけつ》がことの始まりでした。新しい出来事が起きたのですから、ぼくも人並みに興奮し、もちろん多少は驚いてもいました。

ベッドから起き上がって（後になってはじめて、寝ていなければいけないのだと知ったのですが）、窓辺に行ってもたれたり、洗面台のところに行ったり、部屋中を歩き回り、ベッドの上にすわってみました。

血はさっぱり止まりません。

でも、ぼくはぜんぜん悲しんでいませんでした。

というのも、ずっと不眠が続いていましたが、喀血が止まりさえすれば、ようやく眠れるだろうと思ったからです。

実際、喀血は止まって、ぼくはその夜の残りを眠りました。

朝になって使用人が来て、これは善良で、まるで飾り気のない娘でしたが、血を見るとこう言いました。「もう長いことはありませんね」
しかしそれでも、私自身はいつもより調子がよく、
仕事に行ってから、午後になってはじめて医者に行きました。
——ミレナへの手紙

カフカは一九一七年の八月、三四歳のときに喀血します。

結核でした。

身体《からだ》のことをずっと心配して、食べたいものも食べず、飲みたいものも飲まずに節制してきたのに、ついに病気になってしまったのです。

どれほど絶望したことか——と思ったら、驚いたことに、彼は絶望していないのです！

それどころか、救済さえ感じています。

普通なら、血を吐いたりすれば、悲しみと不安で眠れなくなるものでしょう。それなのに、逆に、「ようやく眠れるだろう」と思い、実際に眠っています。

絶望は姿を消し、安らぎさえ感じられます。

これはいったいなぜなのでしょうか？

83　病気は武器

結核はひとつの武器です。
ぼくはもう決して健康にならないでしょう。
ぼくが生きている間、どうしても必要な武器だからです。
そして両者が生き続けることはできません。

——フェリーツェへの手紙

病気が「武器」とはどういうことなのか？
「疾病《しっぺい》利《り》得《とく》」という言葉があります。「病気になることで得られる利益」のことです。たとえば、会社を休めるとか、周囲から大切にされるとか、そういうことです。

カフカはこれをとことん活用します。結婚という問題に頭を悩ませ続けてきたカフカですが、病人なのですから、もう悩むまでもありません。結婚は無理になったのです。

フェリーツェとの二度目の婚約も、病気を理由に解消します。フェリーツェが「病気になっても、あなたを見捨てない」と言ってくれても、受け入れません。

イヤで仕方ない勤めを、生活のために続けていたカフカですが、病人なのですから、もう勤めはできません。

勤め先から病気を理由に休暇をもらうことができました。それは何度も延長され、最後には年金付きの退職が認められます。パンのための勤めをしなくても、勤めていたときの半分弱の金額を得られるようになったのです。

このように、病気によって、現実のもろもろの問題をすべて棚上げにできるのです。「現実入門」ではなく「現実離脱」です。

前線で戦うことが恐怖だった兵士が、ケガで病院送りになったように、怖《おそ》れていたこととはいえ、カフカはほっともしたわけです。

現実のごたごたから解放されたおかげか、不眠に悩まされることもなくなり、頭痛もしなくなりました。「もうすっかりぼくのなじみになっている肺結核は、悪いことよりは良いことのほうをよけいにもたらしてくれました」とカフカは書いています。

親友のブロートもこう書いています。「(カフカは)病気は自分の決定的な敗北を意味するというのだ！　しかし彼はそれ以来よく眠る。解放されたのか？」

84 骨折という美しい体験

いつだったか足を骨折したことがある。
生涯でもっとも美しい体験であった。

——断片

骨折への賛美！

世の中にはいろんなものを賛美する人がいますが、これは珍しいでしょう。

なぜカフカは骨折を愛《め》でるのか？

罪悪感が強くて、自分を罰したいと願っている人は、無意識のうちに、自分にケガをさせようとしたり、病気にかかるようにしたりします。

そうして、ケガをしたり病気になったりすると、罰せられたことによって、心が安らぐのです。罪悪感が減るからです。

カフカは誰よりも罪悪感の強い人です。ですから、カフカが骨折を、そして結核になったことを喜んでいる面があるのは、大きな罰を受けたことで、罪悪感が少しやわらいだためかもしれません。

それにしても「生涯でもっとも美しい体験」とまで言うのは？

心の傷というのは目に見えない曖昧《あいまい》なもので、時間をかけてもなかなか順調に治っていくものではありません。しかし、身体の傷ははっきりと目に見えますし、ある程度までの傷なら、時間とともにみるみる癒《い》えていきます。

そこにカフカは美しさを感じたのではないでしょうか。リストカットをする人にも通じる心理です。

85 心の苦しみが病気の原因

ぼくの病気は、心の病気です。
胸のほうは、この心の病気が岸辺からあふれ出たものにすぎません。
脳が、自分に課せられた心労と苦痛に耐えかねて、言ったのです。
「オレはもうダメだ。誰かどうかこの重荷を少し引き受けてくれないか」
そこで肺が志願したというわけです。
ぼくの知らないうちに行われた、
この脳と肺の闇取引《やみとりひき》は、おそろしいものであったかもしれません。

——ミレナへの手紙

カフカの不安や心配が、身体を不健康にし、ついには病気にまでしてしまったことは、おそらく間違いないでしょう。

彼自身も、そのことはよくわかっていました。

しかし、心の苦しみよりも、身体の苦しみのほうが、彼にはましでした。

少なくとも、病状の軽いうちは。

ミレナはこう書いています。

「彼は病いを治そうとはしていたが、その反面、彼は病いを意識的に養《やしな》い、心の中では助長したのである」

病気の療養のために勤め先から休暇をもらったカフカは、仲のいい妹のオットラのところに行くことにします。彼女は、まだ電気も通っておらず、最寄り駅まで何キロもあるような農村に暮らしていました。

家からも会社からも遠く離れて、豊かな自然と、いい空気と、新鮮な食べ物に囲まれて、カフカは幸せでした。現実から遠く離れて、まったくの自由でした。

三カ月の予定が八カ月も滞在し、カフカはこの期間のことを後に「生涯でもっとも幸福なときだった」と回想しています。

オットラは、こう言っているくらいです。

「神様が兄にこの病気を贈《おく》ってくれたのです」

86 結核＝母親のスカート

ぼくは今、結核に助けを借りています。
たとえば子供が母親のスカートをつかむように、
大きな支えを。

――フェリーツェへの手紙

これだけ読めば、まったく奇妙な表現です。

死神と母親をとりちがえているのではないかと。

でも、ここまで読んでこられた方には、もうこの意味がよくおわかりでしょう。

この状態のまま、病気と共存していければ、いちばんよかったのでしょう。

しかし、カフカ自身が「両者が生き続けることはできません」と書いたように、そうはいきませんでした。

結核になった当初、カフカの病状は命にかかわるような深刻なものではありませんでした。

また、当時でも、ちゃんと養生さえすれば、大部分の患者は完治していました。

カフカもいったんは治るかに見えました。

にもかかわらず、けっきょく病状は重くなっていったのです。

それもカフカの心のせいかもしれません。

食事がとれなくなり、痩《や》せ細っていく身体で、カフカは死の前日まで、『断食芸人《だんじきげいにん》』の校正刷りに手を入れていました。

そして、一九二四年六月三日の正午近く、カフカは四〇歳で亡《な》くなりました。七月三日の誕生日の一カ月前でした。

最期《さいご》の言葉は、そばにいた医師を妹のエリととりちがえ、エリに自分の病気がうつらないように心配するものでした。「エリ、むこうに行きなさい。そんなに近寄っちゃいけない、そんなに近寄っちゃいけない。そう、それでいい」

両親に向けた最後の手紙は、途中で力尽きており、当時そばで世話をしていた恋人ドーラが、「彼の願いであと二、三行だけ。とても重要なことらしいので——」と書き添えていますが、そのまま書かれずに終わっています。

カフカらしく、最後の手紙も未完なのです。

あとがき　誰よりも弱い人

日記や手紙の驚くべき面白さ！

かつて『決定版カフカ全集』（新潮社）の刊行が始まったとき、それを買うのが毎月の楽しみでした。

しかし、「日記」や「手紙」の巻は買いませんでした。

全集は学生には高価でしたし、私生活までのぞく気はなかったからです。

しかし、後にカネッティの『もう一つの審判』という本を読んで、びっくりして飛び上がりました。

この本は、カフカのフェリーツェへの手紙を詳細に分析しているものなのですが、そこに引用されているカフカの手紙の文章の面白いのなんの！

あわてて、全集の「日記」や「手紙」の巻を探しましたが、そのときにはもう入手困難になっていて、ずいぶん苦労したものです。

カフカの場合には、その小説だけでなく、日記にしろ手紙にしろ、ほんのちょっとしたメモ書きまで、すべて面白いのです。

何を書いても、カフカらしさがあふれています。


ところが、現在、日記や手紙を邦訳ですべて読もうと思ったら、古本をさがすしかありません。もったいないことです。


今回、その魅力を、少しでもお伝えできているといいのですが。

なお、本書は、飛鳥新社の品川亮氏の発案によるものです。意義ある仕事をさせていただき、また一カフカ・ファンとして、この場を借りて御礼申し上げます。

弱さという巨大な力

その『もう一つの審判』で、カネッティは書いています。

「一見ごく平凡な事態にあっても彼は、他の人たちがその破壊の仕業《しわざ》によって初めて経験できることを経験したのである」

「大多数の人たちとは言わないが、多くの人たちが無力なのだ。しかしカフカは己《おの》が無力をたえず意識していて、他の人たちがまだ安全だと思っているところでそれを感じていた」

言い方はちょっと難しいですが、じつに見事にカフカを表していると思います。

カフカは誰よりも弱い人でした。

強ければ気づかないことに、弱ければ気づけます。

足が弱ければ、ちょっとした段差にも気づけます。

手が弱ければ、ちょっとした持ちにくさにも気づけます。

「ぼくの弱さ——もっともこういう観点からすれば、じつは巨大な力なのだが——」

——八つ折り判ノート

「こういう観点」というのは、現実のネガティブな面を掘り起こすということです。

まるでカナリアのようです。

カナリアを籠《かご》に入れて、いっしょに炭鉱などに入ると、もし毒ガスが発生していた場合、まずカナリアに異変が起きます。

毒ガスに弱いカナリアは、人間がまだ気づかないうちに、苦しみ始めるのです。

ネガティブ・パワー

苦しみは、カフカの力の源《みなもと》ともなっていました。

病気になって、ある種の救済を感じ、安らかな心でいた時期、カフカは何も書かなくなります。

しかし、病気が長引き、それが普通の日常となってくると、病気の現実離脱の効果も弱まってきます。

すると、またしてもカフカは苦しみ始めます。不眠も戻ってきます。

そして、「神経の苦しみから自分を救うため、私はまたぼつぼつものを書き始めました」と知り合いへの手紙に書いています。

あきらかに、苦しみこそが、彼の書くエネルギー源となっているのです。

今は「ポジティブになろう！」というメッセージが世の中に氾濫《はんらん》しています。
歌も小説も映画も。
有名人も、よくそういう発言をします。
ポジティブ信仰に圧倒されている人も少なくないでしょう。

しかし、人を前に進めるのは、ポジティブな力だけとは限りません。
ネガティブさからもまた力を引き出せることを、カフカは教えてくれます。

人生にはカフカの言葉が必要なときが……

生きることが苦しくて仕方ないとき、
気持ちが落ち込んで仕方ないとき、
ポジティブになんてとてもなれないとき、
死にたいと思ったとき、
ぜひこの本を開いてみていただければと思います。

カフカのネガティブな言葉たちは、
意外にもあなたに力を与えてくれるはずです。

……最後に

ぼくの本が
あなたの親愛なる手にあることは、
ぼくにとって、とても幸福なことです。
カフカ

引用・参考文献

Kafka, Franz : Gesammelte Werke. Hg. von Max Brod, Frankfurt a. M. 1950ff.

――ブロート版カフカ全集

Kafka, Franz : Schriften, Tagebücher, Briefe. Kritische Ausgabe. Hg. von Jürgen Born, Gerhard Neumann, Malcolm Pasley und Jost Schillemeit, Frankfurt a. M. 1982ff.

――批判版カフカ全集

『決定版カフカ全集』川村二郎他訳　全12巻　新潮社　1980–1981

――ブロート版カフカ全集の邦訳

『カフカ小説全集』池内紀訳　全6巻　白水社　2000–2002

――批判版カフカ全集の邦訳　ただし、日記や手紙は含まれません。

マックス・ブロート『フランツ・カフカ』辻瑆、林部圭一、坂本明美訳　みすず書房
――親友のブロートによるカフカの伝記です。

グスタフ・ヤノーホ『増補版　カフカとの対話』吉田仙太郎訳　筑摩書房
――カフカに心酔していた青年が、後に書いたカフカとの思い出の記録です。

ヨーゼフ・チェルマーク／マルチン・スヴァトス編『カフカ最後の手紙』三原弟平訳
白水社
――一九八六年に新しく見つかったカフカの生涯最後の二年間の手紙です。

池内紀・若林恵『カフカ事典』三省堂
池内紀『となりのカフカ』光文社新書
池内紀『カフカの生涯』白水Uブックス
――池内紀先生は、日本におけるカフカの翻訳、評論、エッセイなどの第一人者です。
わかりやすく、面白く、深いので、初めてカフカを知る人にもおすすめですし、
大ファンの人にもおすすめです。

カフカ『夢・アフォリズム・詩』吉田仙太郎編訳　平凡社ライブラリー

——吉田仙太郎先生も、カフカの研究・翻訳に功績を残してこられた方です。他にも『カフカ自撰小品集』という面白い本を出しておられます。

エルンスト・パーヴェル『フランツ・カフカの生涯』伊藤勉訳　世界書院

——大変に分厚い、カフカの詳しい伝記です。

エリアス・カネッティ『もう一つの審判』小松太郎、竹内豊治訳　法政大学出版局

——カフカに関する評論の最も優れたもののひとつだと思います。

ミラン・クンデラ『裏切られた遺言』西永良成訳　集英社

——これも素晴らしい評論です。また、翻訳の問題にもふれていて、ドイツ語の原文をクンデラがフランス語に訳し、それを西永良成先生が日本語に訳されているという、重訳であるにもかかわらず、この本に出てくるカフカの文章は素晴らしいです。クンデラが指摘している、カフカを翻訳するときの注意事項は、大変に参考になります。

中島敦『中島敦全集』全3巻　筑摩書房
――『山月記』で有名な作家。カフカを日本で初めて翻訳しました。また「狼疾記《ろうしつき》」という短編小説の中でも、カフカの「巣穴」という短編にふれています。

カフカ『「逮捕＋終り」――『訴訟』より』頭木弘樹訳・評論　創樹社
――私自身の本です。創樹社という出版社は、玉井五一さんという名編集者がいらして、島尾敏雄や深沢七郎や尾崎翠《おさきみどり》などの本を出していたのですが、残念ながら、もう今はありません。したがって、この本も入手困難ですが。装幀《そうてい》は北川一成さんです。

ナボコフ『ヨーロッパ文学講義』野島秀勝訳　ＴＢＳブリタニカ
安部公房『安部公房全集』全30巻　新潮社
ボルヘス編『バベルの図書館④　F・カフカ　禿鷹』池内紀訳　国書刊行会
――その他の引用・参考文献です。さまざまな作家がカフカから影響を受けています。

フランツ・カフカ
Franz Kafka

一八八三年七月三日、当時オーストリア・ハンガリー帝国の領土だったボヘミアの首都プラハ（現在のチェコの首都）のユダヤ人地区で、豊かなユダヤ人の商人の息子として生まれる（同じ年、日本では志賀直哉が生まれている）。

大学で法律を学び、労働者傷害保険協会に勤めながら、ドイツ語で小説を書いた。親友マックス・ブロートの助力で、いくつかの作品を新聞や雑誌に発表し、『変身』などの単行本を数冊出す。しかし、生前はリルケなどごく一部の作家にしか評価されず、ほとんど無名だった。

一九一七年、三四歳のとき喀血《かっけつ》し、二二年、労働者傷害保険協会を退職する。二四年六月三日、四一歳の誕生日の一カ月前、結核で死亡（同じ年、日本では安部公房が生まれている）。

生涯独身で、子供もなかった。

遺稿として、三つの長編『失踪者《しっそうしゃ》（アメリカ）』、『訴訟（審判）』（夏目漱石の「こころ」と同じ年に書かれた）、『城』のほか、たくさんの短編や断片、日記や手紙などが残された。それらをブロートが苦労して次々と出版していった。当時はなかなか引き受ける出版社がなかったという。

最初の日本語訳が出版されたのは昭和一五年（一九四〇年）。白水社刊、本野亨一訳『審判』。六、七冊しか売れなかった（そのうちの一冊を安部公房が手に入れていた）。

今では世界的に、二〇世紀最高の小説家という評価を受けるようになっている。

しかし、カフカが本当に読まれるのは、むしろこれからだ。

カフカが死んで九〇年以上経《た》つが、彼の言葉はいまだに新しい。

文庫版編訳者あとがき

中学生の夏休み、読書感想文を書くための本を探しに、街の書店へ。文庫のコーナーをながめていると、びっくりするほど薄い本が。思わず手にとって、これこそ夏休みの救いの神と喜んで、そのままレジに。

それがカフカとの初めての出会いでした。

もし新潮文庫のカフカの『変身』が、それほどまでに薄くなかったら、カフカとは出会っていなかったかもしれません。

人生を左右する出会いというのは、それにふさわしい重みを持つとは限らず、ときには、こんなにも軽いものなのでしょう。

カフカの日記や手紙まで熱心に読むようになったのは、大学三年のときからです。大学三年の二〇歳のとき、私は難病になりました。

話が唐突ですが、病気になったのも唐突でした。それまでは丈夫なほうだったので、思いも寄らないことでした。

医師から「一生治らない。働くことも一生無理」と言われました。

カフカの『変身』は非現実的な設定と言われることが多いですが、「ある日突然、身体《からだ》に異変が起きて、部屋から出られなくなり、家族に面倒をみてもらうしかなくなる」という事態を、私はまさに身をもって体験することとなったのです。

それから一三年の間、病院に入院しているか、自宅にひきこもっているかという、強制ひきこもり生活が続きました。

そんな生活の中で、いちばんの支えとなったのが、カフカの日記や手紙でした。

「絶望しているときには、絶望の言葉が必要」というのは、自分自身の体験に基づいています。長い入院生活の中で、たくさんの人たちと出会いましたが、その人たちも、やはり私と同じでした。

ですから、絶望の名言集も必要であると、私は確信していました。

ただ、一般的に理解してもらえるのかどうかは、まったく自信がありませんでした。

絶望の名言集なんて、ふざけていると思う人が多いかもしれないと思いました。

大震災の後でしたし、不謹慎とさえ言われるかもしれないと思いました。

単行本のときの「あとがき」は、じつはそういう不安な気持ちも抱えながら書いています。

　そして、本が出ました。ここからが本当の「あとがき」となります。

　覚悟していた非難は、ほとんどありませんでした。それどころか、むしろ歓迎してもらえました。門前払いを心配していたら、奥の間まで通してもらえたような意外さで、むしろ戸惑ったほどです。

　やはり、こういう本を求めていた人も多かったのかと、心の友をたくさん見つけたような気持ちでした。

「これから入院するので、持って行きます」というメールをいただいたときには、とても感激しました。過去の自分の手元に届いたかのようでした。

　被災地の方からも、ありがたいお便りをいただきました。

　読者の年齢層も、思いがけないほど幅広く、一二歳の方から、八八歳の方まで、たくさんの反響をいただきました。一四歳の少女からの「一緒にどん底まで落ちてくれる友達のような本です」という感想は印象的でした。高齢者の方にもたくさん読んでいただけたことは、いったいなぜなのかという雑誌の取材まであったほどです。

「これまでカフカを読んだことがなかったけれど、もっと読んでみたくなった」という感想を書いてくださる方が多く、なんとも嬉《うれ》しいことでした。

カフカへの入り口のひとつになれたのではないかと……。

じつは、カフカ自身も、他の作家の日記や手紙を読むのが大好きでした。

フローベール、ゲーテ、ドストエフスキー、トルストイ、キルケゴール、バイロン、グリルパルツァーなどの日記や手紙を熱心に読み、友達にもすすめています。

ストリンドベリの自伝的小説を読んで、こう日記に書いています。

ぼくはストリンドベリを、読むために読むのではなく、
彼のふところに抱かれるために読むのだ。
彼はぼくを支えてくれる。まるで幼児を左手で抱くように。

また、キルケゴールの日記のアンソロジー『士師《しし》の書』を読んで、やはり日記に、こう書いています。

彼の人生に起きたことは、ぼくの場合と非常によく似ている。

少なくとも、彼は世界の同じ側にいる。

彼は友達のように、ぼくの肩をもってくれる。


このように、カフカ自身も、他の作家の日記や手紙を、自分と重ね合わせるようにして読み、心の支えとしていたのです。


またカフカは、自分の日記や手紙を、友達や恋人に見せています。

親友のマックス・ブロートに、自分の日記を朗読して聞かせています。

恋人のミレナにも、それまでに書いた日記をすべて渡しています。自分の父親に書いた手紙も読んでほしがっています。

誰にも見せられない自分だけの秘密というわけではなかったようです。


しかし、亡《な》くなる前にカフカは、日記や手紙も含め、遺稿はすべて焼却するように遺言しています。

これがいったいどういうことなのかについては、詳しい話をすると長くなってしまいますし、他のところで少し書いたこともあるので、結論だけお話しさせていただきますが、カフカが遺言で焼却を頼んだのは、親友のブロートです。ブロートは、その遺言を守らず、遺稿をすべて出版しました。そのため、裏切り者と非難されることもあります。

でも、この遺言はブロートしか知りませんでした。黙っていることもできたのです。ブロートはそうしませんでした。ブロートは、裏切り者と呼ばれることを承知で、自分からそれを公表したのです。ここが肝心なところだと、私は思います。

カフカが遺稿を焼却したがっていたのは、それが自分の望むほどの完成度を持っていないからです。カフカ以外の人にとっては素晴らしい作品であっても、カフカ自身にはまだまだ不満でした。堂々と残せるものではありませんでした。

生前にカフカは本を出していますが、そのときも、出すかやめるか、とても迷っています。いつもブロートが説得して出版までこぎつけていたのです。

そういうこともふまえてブロートは、「焼却したがっていた」という但《ただ》し書き付きで作品を残すことが、カフカにとっていちばんいいのではないか、と考えたのではないでしょうか。

だとすれば、「自分が遺言を裏切った」という形でカフカの作品を後世に残したことこそ、親友としてのブロートの、驚くべき誠実な行為だったと言えるでしょう。

なお、ブロートはカフカの遺稿の出版によって、儲《もう》けてもいません。印税は、カフカの病気治療のせいで多額の借金ができていたカフカの両親と、カフカの最期《さいご》を看取《みと》った恋人に分けて、自分はまったくとっていません。

当時はまだほとんど無名だったカフカの本を出すことも大変でしたが、その遺稿を守るだけでも、大変なことでした。

カフカの死後、ナチスが台頭し、ユダヤ人の迫害が始まります。ブロートはナチスがプラハに侵攻してくる、その前夜に、カフカの遺稿をトランクに詰め込んで脱出します。

まさに危機一髪でした。カフカの作品はナチスの「有害図書」のリストに入っていたので、もし見つかっていたら焼却されていたでしょう。

婚約者だったフェリーツェもユダヤ人です。

カフカと別れた後、裕福な銀行員と結婚して、二人の子供を生みました。

しかしカフカからの手紙を捨てることはありませんでした。ナチスから逃れて、スイスへ亡命し、さらにアメリカへ渡ったときにも、五〇〇通もの手紙をすべて持って逃げています。

当時まだカフカは無名ですから、作家の遺稿としての価値はありません。カフカとの交際は辛《つら》いものでもあったでしょうに、彼女にとっては大切な思い出であったようです。

そのカフカとの思い出を、彼女は誰にも語りませんでした。自分の子供たちにさえ話したことがありませんでした。

しかし、カフカが有名になるにつれて、カフカの手紙を売ってほしいと出版社から頼まれるようになります。彼女は断り続けます。大切な思い出の品だったからです。

彼女の夫は、アメリカに渡った一年後に亡くなっています。その後は彼女が働いて、二人の子供を育てていました。しかし、病気で倒れてしまいます。そして治療代がかさんでいきます。そのとき、仕方なく、ついに彼女はカフカの手紙を売却するのです。

そのことで彼女は「カフカの手紙を金にかえた」と言われてしまいました。しかし、こうした経緯を考えると、そういう言い方はまったく不当なものでしょう。

恋人のミレナは、チェコ人でしたが、ユダヤ人援護運動に関わっていたために、ナチスに捕らわれ、強制収容所で亡くなります。

その前に彼女は、カフカの手紙を、友人の評論家のヴィリー・ハースに渡しました。カフカともつきあいがあり、ブロートとも親しかった人物です。

カフカの最後を看取《みと》ったドーラの場合は、カフカに言われるままに、原稿の一部を焼いています。ブロートとは逆に、カフカの原稿を焼いたことで、ドーラは非難されました。しかし、これもまた彼女なりのカフカへの誠実な行為であったでしょう。

その他の晩年の原稿や、日記や、カフカからドーラへの手紙は、ユダヤ人であるドーラの家にゲシュタポがやってきて、すべて没収されました。

そのまま、現在も見つかっていません。

そういう次第で、現在、私たちが読むことのできるカフカの作品や日記や手紙というのは、カフカの友人や恋人たちが大切に守ってきたものです。ときには命がけで。

私たちも、ぜひ大切に読んでいきたいものです。

現在、カフカの日記や手紙を邦訳ですべて読もうと思ったら、残念ながら、古書に頼るしかありません。

単行本のときの「あとがき」でもふれた、新潮社の『決定版カフカ全集』全一二巻の、第七巻が日記、第八巻から第一二巻が手紙です。日記や手紙の全訳は、今でもこれが唯一《ゆいいつ》です。そういう意味で、今でもこれがカフカ全集の決定版と言えるでしょう。私はこの全集の復刊を強く願っています。

さて、長くなってしまいましたが、私は新潮文庫の『変身』でカフカを知り、新潮社の『決定版カフカ全集』で、カフカの日記や手紙の面白さを知りました。ですから、このたび、新潮文庫の一端に加えていただけることは、とても感慨深いものがあります。中学生の私が知ったら、そしてカフカの本を読みながら入院していたときの私が知ったら、どんなに驚いたことでしょう。

目にとめて、声をかけてくださった、新潮社の新潮文庫編集部の中川建さんに、心より御礼申し上げます。

なお、この機会に、訳文や解説を全面的に見直しました。その際、知人の岡上容士さんに多大なるご協力を得ました。おかげで、よりよいものにできたと思います。

そして、本書の解説を、山田太一先生に書いていただけることになりました。
やはり中学生の頃に、先生のドラマを観《み》て以来、決定的な影響を受けてきました。
心から尊敬する方に解説を書いていただけるとは、こんなに光栄なことはありません。

二〇代のすべてと三〇代の前半を闘病に費やし、若い時代をまるまる失ったように感じていましたが、そのときにカフカを読んでいたことが、こうして実を結ぶとは、そのときは思ってもみませんでした。

今の私は、医学の進歩のおかげで、手術をし、治ったとは言えないまでも、かなり普通の生活を送れるようになりました。こうして本を書くこともできるようになりました。

かつての私のように絶望している人の手元に、この本が届けば幸いです。

また、今はまったく絶望していない人にも、ぜひ読んでおいていただきたいです。
かつての中学生の私のように、軽い気持ちで本書を手にとった、あなた。
ぜひ、大いに笑って読んでください。

いつか、共感して読むときもあるかもしれません。

いつか、泣きながら読むときもあるかもしれません。

そんなときは、ないかもしれません。

いずれにしても、人生にカフカの言葉は必要だと、私は思っています。

あとで振り返ってみて、あれは運命の出会いだったと思っていただけたとしたら、それが本というものの力だと思います。

二〇一四年一〇月　頭木弘樹

解説　頭木さんの叫び声

山田太一

この本は頭木弘樹さんがカフカを読んで面白くてびっくりして、みんなに読ませたいけれど誤解されやしないかと心配で、ついつい左の頁《ページ》に寄り添って、とうとう終りまでそうしてしまったというような本だなと思いました。

どうもカフカにはそうしたくなるところがあるらしく、世界中で出版されたカフカに関する本を集めたら、それだけで図書館ができそうだという文章を読んだ憶《おぼ》えがあります。

仮にもそんないい方をされる作家はめったにいるものではありません。

代表作といわれている『変身』ひとつとっても――といいかけると、それを代表作といっていいのかというような議論が持ち上り、代表作は『城』だろう『失踪者《しっそうしゃ》』だろうという人もあり「あんな気味の悪い訳の分らない小説」などという人もいまだにいたりして、少くとも二十世紀の三大小説の一つだと思っている人間は（私もその一人です）どうにも黙っていられなくて口をはさみたくなるのかもしれません。

私のカフカ。私しか分らないカフカ。

この本もそういう思いの溢《あふ》れた一冊です。

ただ、頭木さんは、文学論をここではしていません。

小説は一行一行に象徴性、暗示、奥行きがあり、かつて私は『変身』の第一行――「ある朝グレゴール・ザムザが不安な夢からめざめると、自分がとほうもなく大きな毒虫に変っているのを発見した」（三原弟平訳）という文章の「不安な夢」はドイツ語では複数形なのだが、日本語でこの夢を複数形で表記しにくいので、単数にしたという文章（三原弟平『カフカ「変身」注釈』）を読んで溜息《ためいき》をついたことがあります。たしかに複数と単数では味わいがちがいます。しかし、英語ならSをつければ簡単に乗り越えられる「夢」の複数形が日本語だとあれこれやってみましたが（やってみて下さい）どうにもうまく行かない。文章全体をいびつにしてしまう。むずかしいものだな、と早とちりでカフカを飜訳《ほんやく》で読むことにそそっかしく脅《おび》えたことがありました。その間もカフカの魅力からははなれがたく、それはもっぱらG・ヤノーホの『カフカとの対話』を再読再再再読することでなだめていました。

この本を手にして、目をひらかれました。

そうなのです。日記があった。父への手紙も婚約者への手紙も。それらの魅力を語っているカネッティの文章も読んでいませんでした。

具体的なカフカ。

考えればヤノーホの手記もまさしく具体的なカフカなのですが、年のはなれたよその青年との会話と、この本で引用された言葉の数々とは、親密の質も度合いもちがいます。

更に本音のカフカです。

「ぼくは同級生の間では馬鹿《ばか》でとおっていた」

「ぼくは人生に必要な能力を、なにひとつ備えておらず――」

「ぼくはいかなる事にも確信がもてず――」

「運動どころか、身動きをするのも億劫《おっくう》で、いつも虚弱でした」

「ぼくは、ぼくの知っている最も痩《や》せた男です」

頭木さんの矢継ぎ早やの自己否定の引用を読むと相当落ち込んでいる人でも「カフカよりはましか」と慰められたりするかもしれません。その上、そのカフカを世界には否定するどころか愛する人だって沢山いるのです。頭木さんは巧みに、次のような引用をすべり込ませます。

「ずいぶん遠くまで歩きました（略）それでも孤独さが足りない（略）それでもさびしさが足りない」

「ぼくは真《ま》っ直《す》ぐに伸ばした身体《からだ》を草の中に沈めながら、社会的地位から追い落とされていることの喜びを感じました」

「いつだったか足を骨折したことがある。生涯でもっとも美しい体験であった」

いくらかムキになったカフカですが、この世の成功者が語るポジティブな幸福論など、大半は底の浅い自惚《うぬぼ》れか、単なる嘘《うそ》か錯覚だったりすることが多く、それに比べて不幸の世界の、なんと残酷で広大で奥深く切なくて悲しくて美しくて味わい深いことだろうという感受性には共感してしまいます。

芭蕉《ばしょう》の句に「憂《う》き我を、さびしがらせよ、閑古鳥《かんこどり》」というのがありますが、人生のマイナスを上塗りして感じたい気持だって抑えこまなければ人生の喜びの一つなのだと思います。

「生きている中、わたくしの身に懐《なつか》しかったものはさびしさであった。さびしさの在ったばかりにわたくしの生涯には薄いながらにも色彩があった」（永井荷風「雪の日」）

しかし、カフカはそうした個人の感慨の領域を作品ではきっぱりと切り捨てています。

『変身』がある四人家族の長男が身体か精神かを病んで廃人になったという物語だったら、よくある不幸な物語以上には人の心をとらえることはなかったでしょう。青年がある朝巨大な毒虫になってしまった、というフィクションが、この物語をどの人生にもいくらか思い当るような大きな物語にしたのでした。それは文学の領域を一気に広げて深める偉業でしたが、ほぼ百年前の多くの読者は、そうした物語に馴《な》れていませんでした。今となれば『城』も『訴訟』（『審判』という訳もありますが、頭木さんは『訴訟』が原文に近いとして、飜訳をなさっています）も、そして『変身』も傑作であることを疑う人はずっと少いかと思いますが、書き終えた時はカフカ自身も確信が持てず、焼き捨てた方がいいと思ったりもしたそうです。

いくらなんでもそれはないでしょう、と思ってしまいます。マイナス志向もいい加減にしてよ、と少し声が荒くなってしまいます。もし小説がすべてなかったとしたら、手紙と日記だけが残ることになります。それでは、カフカはあまりに片側すぎます。

カフカが、頭木さんに「絶望名人」といわれるほど徹底してマイナスにとらわれ、むしろほとんど、自分からのぞんでマイナスを求め、マイナスに沈みこもうとしたのは、いまマイナスといわれるばかりのマイナスの本当の姿を文学に結晶したい、という、激しすぎるくらいポジティブな欲求が一方にあったからだと思います。

もちろん頭木さんは承知の上です。
何度もその言葉を引用なさっています。

「ぼくは自分の弱さによって、
ぼくの時代のネガティブな面をもくもくと掘り起こしてきた。
現代は、ぼくに非常に近い。だから、ぼくは時代を代表する権利を持っている。
ポジティブなものは、ほんのわずかでさえ身につけなかった。
ネガティブなものも、ポジティブと紙一重の、底の浅いものは身につけなかった。
どんな宗教によっても救われることはなかった。
ぼくは終末である。それとも始まりであろうか」

（八つ折り判ノート）

これは生活人の言葉ではなく作家の言葉です。マイナスを徹底して生きて、いまの時代、いまの人生の本当を新鮮なままこの世の中へ摑《つか》んでさし示そうと心に決めた人の言葉です。
そのためには結婚も健康も両親も幸福も投げ捨ててもいいと思った人の弱さである

ことを忘れたくないと思います。そういう人は現世では不器用です。わざわざしっかり生きることをやめてみてどうなるかと息をひそめて先を見ていたりする人の言葉です。おかげで、マイナスにいかに豊かさがひそんでいるかも教えてくれますが、巨大な力には軽く飜弄《ほんろう》され踏みにじられてしまうことも人よりずっと敏感に知っていた人だということも忘れたくないと思います。

この本を最初に読んだ時、私はカフカより、ここまで弱いカフカに集中した頭木さんの、声にはしない叫び声を聞いたように思いました。そうです。思い屈した時にはカフカを読もうです。元気な時も。

（平成二十六年九月、脚本家・小説家）

この作品は二〇一一年十一月飛鳥新社より刊行された単行本を
再編集し、加筆訂正を加えたものである。

新潮文庫最新刊

石田衣良著
清く貧しく美しく
30歳・ネット通販の巨大倉庫で働く堅志と28歳・スーパーのパート勤務の日菜子。非正規カップルの不器用だけどやさしい恋の行方は。

山本文緒著
自転しながら公転する
中央公論文芸賞・島清恋愛文学賞受賞
恋愛、仕事、家族のこと。全部がんばるなんて私には無理！　ぐるぐる思い悩む都がたどり着いた答えは――。共感度100％の傑作長編。

瀬名秀明著
ポロック生命体
人工知能が傑作絵画を描いたらどうなるか？　最先端の科学知識を背景に、生命と知性の根源を問い、近未来を幻視する特異な短編集。

望月諒子著
殺人者
相次ぐ猟奇殺人。警察に先んじ「謎の女」へと迫る木部美智子を待っていたのは!?　承認欲求、毒親など心の闇を描く傑作ミステリー。

遠田潤子著
銀花の蔵
私がこの醤油蔵を継ぐ――過酷な宿命に悩みながら家業に身を捧げ、自らの家族を築こうとする銀花。直木賞候補となった感動作。

伊藤比呂美著
道行きや
熊日文学賞受賞
夫を看取り、二十数年ぶりに帰国。〝老婆の浦島〟は、熊本で犬と自然を謳歌し、早稲田で若者と対話する――果てのない人生の旅路。

新潮文庫最新刊

田中兆子著
私のことなら ほっといて
「家に、夫の左脚があるんです」急死した夫の脚だけが私の目の前に現れて……。日常と異常の狭間に迷い込んだ女性を描く短編集。

河野裕著
さよならの言い方なんて知らない。7
冬間美咲に追い詰められた香屋歩は起死回生の策を実行に移す。それは「七月の架見崎」に関わるもので……。償いの青春劇、第7弾。

紺野天龍著
幽世《かくりよ》の薬剤師2
薬師・空洞淵霧瑚は「神の子が宿る」伝承がある村から助けを求められ……。現役薬剤師が描く異世界×医療ミステリー、第2弾。

河端ジュン一著
六畳間ミステリーアパート
そのアパートで暮らせばどんなお悩みも解決する⁉ 奇妙な住人たちが繰り広げる、不思議でハートウォーミングな新感覚ミステリー。

阿川佐和子著
アガワ家の危ない食卓
「一回たりとも不味いものは食いたくない」が口癖の父。何が入っているか定かではないカレー味のものを作る娘。爆笑の食エッセイ。

三浦瑠麗著
孤独の意味も、女であることの味わいも
いじめ、性暴力、死産……。それでも人生には、必ず意味がある。気鋭の国際政治学者が丹念に綴った共感必至の等身大メモワール。

Author : Franz Kafka

絶《ぜつ》望《ぼう》名《めい》人《じん》カフカの人《じん》生《せい》論《ろん》

新潮文庫　　カ－1－11

平成二十六年十一月一日発行
令和四年十一月十日十刷

編訳者　頭《かしら》木《ぎ》弘《ひろ》樹《き》
発行者　佐藤隆信
発行所　株式会社新潮社
郵便番号　一六二―八七一一
東京都新宿区矢来町七一
電話　編集部(〇三)三二六六―五四四〇
読者係(〇三)三二六六―五一一一
http://www.shinchosha.co.jp

価格はカバーに表示してあります。

乱丁・落丁本は、ご面倒ですが小社読者係宛ご送付ください。送料小社負担にてお取替えいたします。

印刷・錦明印刷株式会社　製本・錦明印刷株式会社

ISBN978-4-10-207105-2 C0198